君を守ろうとする猫の話

夏川草介

Natsukawa
Sosuke

小学館

目次

序章　事の始まり　4
第一章　ともに歩む者　16
第二章　作られし者　60
第三章　増殖する者　118
第四章　問いかける者　181
終章　事の終わり　212

装画：宮崎ひかり　　装幀：bookwall

君を守ろうとする猫の話

序章　事の始まり

最近、本がなくなっている。

どうやらそれは事実らしい。

ナナミは、目の前の書棚を見つめたまま、細い腕を組んで考え込んでいた。

ここのところ頻繁に、図書館から本がなくなっているのである。

「どうやら」とか「らしい」とか微妙に歯切れが悪いのは、証拠が曖昧であるからだ。なにせその古い図書館には膨大な蔵書があった。くわえて図書館の仕事は、並べてある本の埃《ほこり》を払うことではなく、一般市民に広く貸し出すことであるから、本は棚に並んでいたり、並んでいなかったりする。

ナナミが図書館長であれば貸し出し履歴を確認すれば済むし、切れ者の名探偵であれば、持ち前の推理力で事実を明らかにできるかもしれないが、残念ながらナナミは、学校帰りに図書館に立ち寄る近所の中学二年生に過ぎない。ただ、幼いころから、本好きの父親に連れられてよく図書館に出かけてきたし、今は日課のごとく学校帰りに足を運んでいるから、並んでいる本の変化にはきわめて敏感だ。この点については、まちがいなく図書館長より正確であったし、おそらく名探偵より有能であった。

最初に気づいたのは、ずらりと本が並ぶ書棚のところどころに隙間ができていたことだ。次に、その隙間がいつまでたっても隙間のままであることに気がついた。

「児童文学」の棚から、スティーヴンソンの『宝島』がなくなっていた。白い背表紙が美しい『赤毛のアン』や、ネモ船長の活躍する『海底二万マイル』も、いつまでたっても返ってこなかった。

絵本コーナーからは、ナナミのお気に入りだった『ふくろうくん』や『フレデリック』がなくなった。文学の棚を歩けば、『車輪の下』も『老人と海』も見つからなくなった。あらゆる書棚に、ぽつりぽつりと空白が目につくようになっていた。

——急に借りる人が増えたのかな……。

胸の内の疑問をナナミはやんわりと退けた。

図書館は、建物自体は大きく、豊富な蔵書を有しているが、施設としてはまことに古い。建物は老朽化し、空調も悪く、場所によってはかび臭く、電球が切れて薄暗い一角もある。今さら利用者が増えてくる理由はないし、実際広い館内は、いつもと変わらず閑散としたままだ。

不思議なのは大人たちが、一向にこの変化に気づいていないことだった。図書館の職員たちは、忙しそうに事務仕事をこなすばかりで、館内の変化に注意を払っていない。

「どうしたものか……」

小さな拳を顎に当て、ナナミはあえて口に出して言ってみた。が、もちろん声に出したからといって、誰かが答えてくれるわけではない。

ゆっくりと首をめぐらせれば、大きなスチール製の書棚にはぎっしりと本が並んでいて格別の変化はないのだが、少し通路を歩いて回れば、ぽつりぽつりと、歯が抜けたように空洞が目についてくる。図書館を熟知しているナナミだから気づくことなのかもしれないが、いずれにしても変化は変化である。

本は確かになくなっていたのである。


「本を確認した方がいいって?」

図書館一階の受付に、司書の羽村《はむら》老人の声が響いた。

それほど大きな声ではないのだが、一階正面にある受付の天井は吹き抜けになっているから、羽村老人のしわがれ声でもよく響く。よく響いたところで、もともとたいして利用者もいない図書館であるから、気に留める者もいない。ちょうど背後を通りすぎた高齢の女性がちらりと目を向けたくらいだ。

ナナミはできるだけ何気ない口調で答えた。

「あったはずの本がないんです。たぶん、一冊や二冊じゃないと思う」

そんな言葉に、カウンターの向こうに座っていた羽村老人は、老眼鏡の奥の目を細めた。制服姿の少女を、ちょっと見やってから、

「なるほど。そりゃ、確かに大変だ」

それから手元のファイルに視線を戻し、忙《せわ》しなくペンを走らせながら続ける。

「しかしナナミちゃん、本が本棚にないからって大騒ぎしなきゃならんのだとすれば、お前さんも今後、本を借りていくことができなくなるじゃないか」

わかりにくい言い回しにナナミはちょっと首をかしげたが、すぐに老人が老人なりのユーモアを口にしているのだと気がついた。それも、ずいぶんと皮肉を含んだユーモアだ。

「いいかい、ナナミちゃん」

ぱたりとファイルを閉じて顔をあげた老司書は、ひょろりと伸びた白い顎鬚《あごひげ》を撫《な》でながら、ナナミに目を向けた。

「ここは図書館だ。ここに来た人は、本を借りたいと思ったら、簡単な手続きですぐ持ち出すことができる。つまり本は、書棚にあったりなかったりするもんだ。保育園児のお前さんが、父親と一緒に『はらぺこあおむし』を借りていったときから、そのルールは変わっていない。もし忘れたんなら、そこの壁に貼ってある利用規約ってやつに目を通してみるといい」

〝今日は外れの日だな〟とナナミは冷静に頭の中でため息をついた。

羽村老人は、ただの図書館司書ではない。何十年も図書館に勤めたのち、退職してからも受付

の仕事を請け負い続けている、いわばこの古い図書館の生き字引である。ひねくれ者で、気分屋で、気難しいことを除けば、悪い人物ではない。ナナミもこの老人から様々な本を紹介してもらってきた。しかし、機嫌が悪い時に当たると無闇と毒舌にからまれて、ひどい目に遭う。

今日は明らかに外れの日であった。

「だいたいだな」

老司書は、骨張った指でファイルの表紙をとんとんと叩《たた》きながら、

「この図書館は、わしと同じように年寄りだ。年寄りってものは、くたびれているもんだし、忘れ物も増えてくる。少々本がなくなったって、気にせずにいたわってやるのが、若いもんの役目だろうさ」

〝これは長引きそうだ……〟

ナナミの頭はすでに受付前を離れて、二階のイギリス文学の棚の前を逍遥《しょうよう》している。今読んでいる『嵐が丘』が今日か明日には終わりそうだから、次の本を考えなければいけない。ただ、今日のお勧め本を聞くのはやめたほうがよさそうだ。

「図書館のことを気にしてくれるのはありがたいがね。こっちも仕事が山ほど……」

老司書が口をつぐんだのは、ナナミのポケットで、スマートフォンが小さなチャイムを響かせたからだ。着信ではない。夕方にセットしたアラームである。

ナナミは手早く鞄《かばん》の中から吸入薬のカセットを取りだし、それを口に当てて吸い込んだ。一日数回、気管支喘息《ぜんそく》薬の吸入がナナミには必須である。朝晩はまだしも、夕方の追加の吸入薬はし

ばしば忘れてしまって、ひどい発作になることがあるから、アラームをセットしておくように父に言われているのだ。

羽村老人は、ナナミが吸入を終えるのを待ってから、いくらか語調をゆるやかにしてつけくわえた。

「書棚の方はあとで確認しておこう。ナナミちゃんは、本の心配をするくらいなら、自分の体を心配するってもんだな」

「余計なお世話だ」とは無論ナナミは口にしなかった。

黙って頭を下げ、受付に背を向けながら、ふわりと浮かんだ捨《す》て台詞《ぜりふ》を、胸の中だけで吐き出した。

――役立たず。

図書館の生き字引に対して、ずいぶん失礼だとは、ナナミも自覚しているのである。

幸崎《こうさき》ナナミは、十三歳の中学二年生である。

背丈は小柄で、やせ型の上に色白であるのは、幼いころから喘息のために出歩くことが少なかったからだ。喘息はなかなかの暴れ馬で、ちょっとした運動や緊張をきっかけに鉄のひづめで気管支の中を駆け回ることがある。小学校時代には、救急車で運ばれたことも少なくない。そんな体であったから、他の友達と一緒に外を走り回ったり、連れだってあちこち遊びに出かけるというわけにはいかず、学校が終わるとひとりで図書館に足を運ぶ生活を送ってきたのである。

余人からしばしば同情を向けられるそういう日々を、しかしナナミ自身は不自由だとは思わない。

喘息発作はないにこしたことはないが、好きなだけひとりで本を読みふけることができる環境は悪くないと思っている。

だからこそ、図書館の本がなくなっていることは、ナナミにとってなかなか重大な問題であった。

「利用規約を見ろって言われた」

ナナミは、図書館の二階にある読書コーナーで、机に突っ伏していた。

年季の入った大きな机がいくつも並ぶ中で、窓際の日当たりのよい席は、ナナミの指定席になっている。いつも学校帰りに座って本を読む場所だ。

卓上には読みかけの本を開いてあるが、今日のナナミはぐったりとして文字を追う気にはなれない。

「人がわざわざ心配して言いに行ったのに、あのひねくれ爺《じい》さんは……」

「だいぶ大変だったみたいね、ご苦労さん」

応じたのは、向かいに座った幼なじみの今村《いまむら》イツカだ。

背が高く、おまけに姿勢もいいから、小柄なナナミと比べるとひとつ学年が上のように見える。髪もさっぱりと短くそろえており、長い黒髪を後ろでまとめているナナミとは容姿も対照的だ。

一階につながる大きな吹き抜けの方に目を向けながら、イッカが同情を込めて苦笑する。

「ハム爺って、いっつも不機嫌な顔してるから、機嫌がいいときと悪いときと区別つかないもんね」

「今日はひときわだった。多分忙しかったんだよ。完全に読み間違えた」

ナナミは手首の上に顎を載せたまま、小さくぼやくばかりだ。

ちなみに「ハム爺」というのは、イッカがつけた羽村老人のニックネームである。皺《しわ》だらけの強面《こわもて》老人に不似合いな愛らしい響きを、なかなかユニークだとナナミも気に入っている。

「でも本当に本がなくなってるの？　私には、有り余るほどあるように見えるけど」

書棚の方を見回しながらイッカが告げた。

読書コーナーの外側には、細い廊下を挟んで無骨なスチール製の書棚がずらりと並んでいる。それぞれの棚の側面には日本文学、経済、哲学、民俗資料などの多種多様なパネルが貼り付けられていて、奥行きのある書棚に相当数の蔵書があることがわかる。ナナミの位置からは見えないが、それらのさらに向こう側には、世界各国の文学を収めた棚が、国ごとに分類されて整然と配されている。

日当たりのよい読書コーナーから見れば、いくらか薄暗い空間にならぶ長大な書棚の列は、壮観と言っても良いくらいだ。

「こんなに山ほどある本から、いくらかなくなったからって、わかるもんかね？」

「新刊とか話題作がなくなってるわけじゃないから、普通の人は気づかないかもしれない。でも、昔からある古い本が確かになくなってる。『セロ弾きのゴーシュ』も『運命の騎士』も戻ってきてない」

「気づくのは図書館の下宿人みたいなナナミくらいってわけだ」

「誰が下宿人だって？」

「あのハム爺が気づいてないことを把握してるんだから、下宿人っていうより大家さんかもね」

遠慮のないやりとりは、腐れ縁の結果であろう。

イツカは、自宅もナナミと近く、一緒に小学校に通っていた時期もある。中学校では弓道部に入っており、登下校が一緒になることはないが、部活が休みの日は、黒布に包んだ弓を片手に図書館に顔を見せるのである。自宅でも「素引き」の練習を怠らないイツカは、後輩だけでなく先輩たちからも頼りにされているらしい。

「でもなんで本がなくなるんだろ？」

イツカが素朴な疑問を口にした。

「誰かが持ち出したとしても、所詮古本だよ。ネットのフリマサイトに出したところで、たいしたお金にもならんでしょ」

「理由は私だってわからない。でも……」

一瞬口をつぐんで周りを見回したナナミは、声を落として続けた。

「怪しい奴《やつ》を見たことがある」

イツカが少し真顔になった。

ナナミにならって周りを見回すが、いくつもある机に人影はまばらだ。少し離れた窓際の席でぼんやり外を眺めている老婦人がいるほかは、絵本コーナーの前にベビーカーを横に置いた母親が見えるくらいである。もちろん『怪しい奴』はいない。

「ただの勘違いじゃないわけだ？」

「まだなんとも言えない。でも変な人を何度か見かけたのは確か。まだハム爺には言ってないけど」

「そりゃ、迂闊《うかつ》なことは言えんわな。タイミング悪いと怒り出すこともあるし」

「根は悪い人じゃないんだけどね。いろんな本を教えてくれるし」

「それもそのひとつ？」

手元の本を覗《のぞ》き込んだイツカにナナミはうなずいた。

「エミリー・ブロンテの『嵐が丘』。ハム爺のお勧めの一冊」

「そんな分厚くて文字の細かい本が面白いの？」

「面白いよ。恋愛小説って言われてるらしいけど、それだけじゃなくてね。少年時代に大金持ちに散々いじめられた主人公が、自分が金持ちになって、復讐《ふくしゅう》のために戻ってくるの。ハム爺も、文学史に残る最高の復讐劇のひとつだって言ってた」

「文学の世界も、闇が深いねぇ」

イツカは呆《あき》れ顔である。

のんびりと外を眺めていた老婦人が、杖《つえ》を手に取ってエレベーターの方に歩き出した。それを機に、イツカも「今日は帰るかな」と立ち上がる。

「宿題やってかないの？」

「今日は両親とも帰るのが夜になるから、弟の分までご飯よろしくってメールが来た」

「相変わらず両親とも忙しいんだ。大変ね」

「まあね。でもお母さんのいないナナミの家の方がもっと大変でしょ」

イツカは壁に立てかけた弓を手に取りながら、からりとした口調でそんなことを言った。

イツカの言う通り、ナナミの母は、ナナミがまだ幼いころに亡くなっている。ナナミは父との二人暮らしだ。こういうことを気負いなく言葉に出せるのも、腐れ縁の強みというものだろう。

「父子家庭って、なんか私には想像つかないよ。すっごい大変そう」

「そうでもないよ。父さんは忙しいときは外でご飯済ませてくるから、私は自分の分だけ作ればいいし、それも面倒ならお弁当屋に寄るだけ」

「相変わらず、さっぱりしてるねえ、あんたは」

ナナミが小学生のころは、父も夕食を作りに早めに帰ってきていたが、中学に上がるころには、一層仕事も忙しくなったようで、帰りが遅くなることも少なくない。

「一人っ子って、かえって楽なのかもね。うちなんか、母さんの帰りが二、三日遅いと、家の中荒れ放題。弟は食べるだけ食べて、片付けもしないしさ」

イツカのぼやく声に、ナナミは笑いながらも、淡い羨望がなくもない。

イツカの場合、確かに食事の準備は大変だろうが、食卓は弟と一緒に囲むのだろう。ナナミの方は、父が遅くなる日の夕食はいつもひとりだ。

じゃあまたね、と歩き出しかけたイッカは、ふと足を止めて振り返った。

「あんまり変なことに首突っ込むなよ、ナナミ。体、丈夫じゃないんだから」

さらりと告げたイッカは、弓ごと軽く右手を挙げてから、背を向けた。

こういうさり気ない言葉をくれる友人がいることを、ナナミは嬉《うれ》しく思う。

小学生のころは、喘息のおかげで入退院の繰り返しだった。おまけに父子家庭であったから、学校でも病院でも、大げさな同情や気休めの言葉ならたくさん耳にしてきた。「おはよう」や「こんにちは」と同じ口調で、自然な気遣いをくれるイッカのような友人は、貴重だと思うのである。

——今度、家の夕食に呼んでみようか。

中学生だけの晩ご飯会を、父が認めてくれるかはなんとも言えないが、なかなかの名案ではなかろうか。

そんなことを思いながら、ナナミは『嵐が丘』に目を落とした。

ヒースクリフの復讐劇が佳境に入ろうとしていた。

第一章　ともに歩む者

いつのまにか、机の周りが淡い茜《あかね》色に染まっていた。

ナナミが顔を上げると、すっかり日は傾いて、民家の向こうに夕焼け空が広がっていた。窓辺の空気も急に温度が下がったようだ。

つい先日、街路の木々が紅葉を迎えたと思ったばかりだが、季節はもう冬の入り口で、晴れた日の昼間は過ごしやすくても、日暮れとともににわかに冷気が忍び寄ってくる。ナナミは寒さは嫌いではないが、乾燥は喘息にとって天敵であるから、冬そのものは好まない。もっとも、暑かろうと寒かろうと、限られた行動範囲に変化が出るわけではなく、制服が冬服にかわったあとは、暦の進行に伴ってコートとマフラーが増えていくくらいである。

いずれにしても、波乱の『嵐が丘』は最終盤を迎えており、いつのまにかずいぶんと時間が過ぎていたらしい。

窓外からかすかに子供の歓声が聞こえてくるのは、隣接して小学校のグラウンドがあるからだ。並木の向こうに、長い影を引きながら、暮れ方になっても懸命にサッカーボールを追いかける少年たちが見える。

「もうそんな時間か……」

室内に視線を移せば、斜めに奥深くまで日の差し込む館内に人影はない。窓辺にいた老婦人も、絵本コーナーにいた母親も、すでに帰ったらしい。がらんとした館内は、しかしこの古い図書館では、珍しいことではない。

掛け時計が閉館間近の六時前をさしていることを確認して、ナナミは『嵐が丘』を閉じた。本を鞄にしまい、帰り支度をしたところで、ふと少し離れた書棚の前に、ひとりの男が立っていることに気がついた。

灰色のスーツを着たがっしりとした体格の男だ。こちらに背中を向けているから顔は見えないが、ナナミはほとんど反射的に心の内で声を上げていた。

——あいつだ！

これまでもしばしば図書館に姿を見せていた男だ。皺ひとつないスーツと、スーツと同じ色の古風な鳥打ち帽のおかげで、ただのサラリーマンというよりは、もう少し地位のある人物のようにも見える。それ以外に特別変わったことはないのだが、しかしこの人物が図書館に現れたあとには、いつも本がなくなっているということにナナミは気づいていた。イツカに話した『怪しい奴』なのである。

――本泥棒だと決まったわけじゃないけど……。

あえてそんな風に考えたのは、高まる動悸《どうき》と緊張を抑えるためだ。

男が書棚の奥の方に消えていったタイミングで、ナナミはそっと立ち上がり、読書コーナーを出ると、男が立っていた場所まで歩み寄った。

少年少女向けの推理小説を収めたその一角は、江戸川乱歩やコナン・ドイルの作品で埋まっている。見慣れたそれらの棚を見回したナナミは、すぐに眉を寄せた。ずらりと並んだ『ホームズ全集』のとなりに、ぽっかりと大きな空洞ができていた。ホームズと並んで書棚を埋めていた『怪盗ルパン全集』の最初の十巻がごっそり姿を消していたのだ。

全三十巻あるシリーズの三分の一が消えている。本がなくなっていると言っても、これだけまとめて消えたことはない。

――数も数だけど、ルパンを持っていくなんて、いい度胸じゃない。

『ルパン全集』はナナミのお気に入りであった。変装の名人で、武術の達人で、泥棒なのに貧しい者や苦しんでいる者を助けてくれる怪盗紳士は、小学生のナナミにとっては間違いなくヒーローだった。夢中になって読みふけり、ベッドの中の暗がりで読んでいるところを見つかって、父に叱られたこともある。『奇巌城《きがんじょう》』と『８１３の謎』は、覚えてしまうほど読み返したものだ。

ナナミは男が歩いていった方に目を向けた。

長い書棚の切れ目をちょうど男が曲がっていく様子が見えた。大きく膨らんだ黒い鞄も、一瞬だが確かに見えた。

すぐにナナミは足早に歩き出す。

小走りで書棚の切れ目まで来て、通路に顔を出すと、今度は男が、数列先の「フランス文学」のパネルが貼られた書棚の間に入っていくのが見えた。そっとあとを追いかけながらも、しかしナナミは、胸の奥に微妙な違和感を覚えて、眉を寄せた。

〝急な動作や大きな緊張は、喘息発作の引き金になるからね〟

いつも通っている診療所の医師の、穏やかな声が耳の奥に響いた。それに重なるように、かすかに、喉の奥で笛の音のような甲高い音が聞こえたが、それでもナナミは、足を止めなかった。

「フランス文学」のパネルの下まで来た時には、笛の音ははっきりとした風切り音となって肺全体に広がり始めていた。

「ダメか……」

吐き出した声がすでに掠《かす》れている。危険なサインだ。

ナナミは右手でポケットから発作時用の吸入薬を取り出した。手早く薬を吸うと、書棚の側面に背中を預けて、荒くなった呼吸を整える。パニックになってはいけない。ゆっくりと十秒を数えているうちに、どうにか急激な悪化がないことだけは確認できた。

「探偵ごっこは、無理か……」

そうつぶやいたとたん、急に体の力が抜け、ナナミは書棚にもたれたままその場に座り込んでいた。

ハックルベリーのように森の中を駆け回ったり、ゴーディのように仲間たちと線路の上を歩いたりできないことを、ナナミは辛《つら》いとは思わない。けれども、大事なときに動けないことが悔しくないといえば嘘《うそ》になるだろう。

「ルパンのように恰好《かっこう》よく、とはいかないよね……」

そんなつぶやきは、半分は愚痴だが、半分は気持ちを切り替えるためである。こんなことでいちいち落ち込むことの無意味さを、ナナミはよく知っている。気管支は不調でも、頭の中は明瞭だ。

大事なことは、間違いなく本が無断で持ち出されているということである。

ルパン全集が十冊も消えたのだから、さすがにあの気難しい老司書も、鼻で笑い飛ばすことはないだろう。問題は、あの男が何者なのかということだろうか。いまどき古い図書館から古本を盗み出して、何かの得になるとも思えない。

考えをめぐらしながら、なんとなく男が消えていった通路の奥を覗き込んだナナミは、思わず、声にならない声を上げていた。

書棚の間の狭い通路は、どこも似たような構造で、スチール製の背の高い棚が両側を埋めている。天井には薄暗い蛍光灯が並んでいるだけの殺風景な造りで、別に「フランス文学」の通路だからといって、ヴェルサイユ宮殿のごときらびやかに飾られているわけではない。

だが、ナナミが目にしたのは、見慣れた薄暗い通路ではなかった。もちろん豪奢《ごうしゃ》なバロック様式でもなかった。通路の奥が、やわらかな青白い光に包まれていた。手前側は、古めかしいボードレールやフロベールの全集が並ぶいつもの景色であったが、その書棚が途中から青白く輝いている。のみならず、突き当たりの壁が消え、書棚の通路が光のかなたまで果てしなく続いていたのだ。

「なに……？」

ナナミは茫然《ぼうぜん》と言葉をこぼした。

図書館の中は、ナナミにとって庭のようなものだ。保育園の時から父と一緒にあちこち歩き回ってきたし、時には事務室や倉庫の中に入りこんで、ハム爺に怒られたこともある。もちろん、こんな光る通路など見たことはない。

ほとんど引き込まれるように立ち上がりかけたナナミの耳に、ふいに背後から低い声が聞こえた。

「やめたまえ、近づかぬ方が良い」

驚いてナナミは振り返ったが、視界に人影はない。人影はないが、向かい側の「イタリア文学」のパネルの下にうずくまる、小さな丸い影があった。

二等辺三角形の二つの耳の下に、翡翠《ひすい》色の美しい目が光っていた。艶のある銀色の髭《ひげ》が左右にぴんと伸びていた。

「猫……？」

まぎれもなく猫であった。

ナナミのつぶやきに応じるように、猫が腰をあげ、ゆっくりとナナミの方に向かって歩いてくる。茶と黄と白との入り交じったどっしりとした体格のトラネコだ。

眼前まで歩いてきた猫は、美しい目を光らせて低い声を響かせた。

「大丈夫かね？」

呆気《あっけ》にとられているナナミは、答える言葉が出てこない。

「先ほどは、ずいぶん苦しそうにしていたが大丈夫かね」

確かに猫が話していた。言葉そのものはナナミを気遣う内容だが、口調はずいぶんと威圧的だ。

ナナミは二、三度瞬きをしてから、ようやくゆっくりと頷《うなず》いた。

「多分……大丈夫」

「結構だ」

悠々と応じた猫は、青白く光る通路に目を向けた。

「無理をするものではない。あれは君が追いかけて捕まえられるような相手ではないのだ」

腹の底に響くような堂々とした声であった。

図書館と猫という組み合わせは悪くはないとナナミも思う。けれども猫がしゃべるとなれば、話は違う。

ナナミは胸に手を当てて一度大きく深呼吸をした。胸の奥の雑音は、明らかに遠ざかっている。

――喘息発作は大丈夫。

喘息が悪化すると脳に酸素が足りなくなって、幻覚を見る場合があると何かの本で読んだ記憶があったのだが、どうもそういうことではないらしい。

ナナミは目の前の猫に視線を戻した。

「あなた……猫よね？」

「愚問だな。犬に見えるのかね？」

猫が人に向かって犬に見えるのかと問うている。端的に言ってカオスである。

もちろん猫の返答に、納得できる要素は微塵《みじん》もない。

「私の知ってる猫は、話したりしないんだけど」

「それも愚問だ。我々は、人間のように無意味なことをべらべらとしゃべらないだけだ。語るべき時に語り、沈黙すべき時は沈黙する。それが猫だ」

聞いたこともない猫の定義である。

ナナミは頭痛持ちでもないのに、なんとなく頭に手を当てていた。猫は泰然たる態度で続ける。

「とにかくわしが君に言えることはひとつだけだ。あの通路には近づくな」

「近づくなって……あれはなに？」

「なんでもない」

「なんでもなくはないでしょ」

さすがにナナミの反論にも力がこもる。

言い訳をするにしても、もう少し別の言い方があるだろう。

「どう見たって普通じゃない」

「では言い直そう。これは君がかかわるべき問題ではない」

浮薄な好奇心を根元から断ち切るような厳然たる応答であった。

「この問題は、君が考えているよりはるかに厄介だ。迂闊に踏み込めば危険も伴う。ここから先は……」

「あなた、さっきの男のこと、何か知ってるのね」

猫の厳かな声を、ナナミの無遠慮な声がさえぎった。

そんな反応は、猫にとっては予想外であったらしい。どこまでも超然としていた猫が初めて微妙な困惑を見せた。

「さっきのあいつが本を持ち出したの？」

「そうだ。しかし……」

「あの通路の向こうへ行けば、持ち出された本があるんだ」

「少女よ」

猫の口調が険しさを増した。

「先ほども言ったことだがこれは君がどうこうできる問題ではない。今、君がなすべきことは単純にして明快だ。口を閉じ、耳を塞ぎ、目をそらして、ここから立ち去りたまえ。そうすれば、また何事もなかったように、あぁ……」

猫が急に気の抜けた声を出したのは、ナナミが右手を伸ばし、猫の首根っこを摑《つか》まえたからだ。摑まえたまま、自分の顔の前に猫を持ち上げた。

「な、何をする！」

「あの向こうに本があるのね？」

「放したまえ。わしは君のために言っているのだぞ」

猫は、睨《にら》み付けるように目を光らせたが、ぶらさげられた状態であるから、先ほどのような威圧感はどこにもない。ただ太い尻尾《しっぽ》がゆらゆらと左右に振れるだけだ。

「どうやったら本を取り戻せるか教えて」

「危険だと言ったのが聞こえなかったかね？」

「危険てことはつまり、取り戻す方法があるってことでしょ？　教えてよ」

猫は呆れと苛立《いらだ》ちと戸惑いと、その他さまざまなものが入り交じった顔で、ナナミを見返している。

「断ると言ったらどうする？」

ナナミは少し首をかしげてから、

「私の手がしびれて動かなくなるまで、こうしてぶらさげておく」

「何を馬鹿げたことを……」

「ひ弱に見えても、意外と腕力はあるかもよ。重たい本をいっぱい運んできた腕だから」

どこまでも冷静なナナミの声に、猫は口をつぐんだ。

わずかな沈黙のあと、観念したように猫はつぶやいた。

「……おろしたまえ」

床に降り立った猫は、一度大きく身震いをした。

「まったく風変わりな少女だ。怖くないのかね？　普通の人間たちなら、猫がしゃべっただけで半分は逃げ出すものだ」

「じゃあ、私は残りの半分ね」

「違うな。残りの半分は聞こえないふりをするものだ」

なるほど、とナナミは思わず納得してしまう。

「でもびっくりはしたけど、怖いとは思わない。そんなことより、大事なものを勝手に持っていかれたことの方が大問題」

「大事なもの？」

「『ルパン全集』」

落ち着いた口調で応じるナナミの目が、意外に真剣であることに猫も気づいたのであろう。猫はそれ以上、頑《かたく》なな反論を口にしなかった。

うかがうような目をナナミに向けていたが、なお探るように低い声を響かせた。

「冗談ではないようだな」

ナナミは頷いた。

「喘息持ちの非力な女の子は役に立たない？」

「喘息は問題ではないし、君が女の子か男の子かも関係ない。あの通路の向こうでは、真実と心の力がすべてだ」

「難しいことはわからないけど、心の問題っていうなら、それなりに役に立つかもよ。意外と打たれ強いんだから」

「どうやら……」

猫はなおもじっとナナミを見つめてから、語を継いだ。

「そのようだな」

大きく息をついてから、猫は再びナナミを見上げた。

「本当にわしとともに来るかね？」

「本を取り戻せるのなら」

「何が起きるか、わしにもわからぬ旅だ。少女よ、それでも良いのだな」

大きく頷いたナナミは、「でもその前に」と、左手でそっと猫の手を持ち上げて、それを右手で優しく握った。

「私は『君』でもないし『少女』でもない。ナナミっていうの。よろしく」

猫はわずかに手を引きかけたが、

「トラネコのトラだ」

不機嫌に答えつつも、握られた手を振りほどこうとはしなかった。


なぜ、この不思議な猫についていこうと思ったのか。

ナナミ自身にも明確な答えはない。

ただ、ナナミは最初に猫の声を聞いたときから、恐ろしいとは思わなかった。それどころか、かすかに懐かしさにも似た何かを感じたのだ。

だいたい恐怖というなら、もっとはるかに巨大な恐怖をナナミは知っている。死ぬかもしれないと思ったことも何回かある。うまく息が吸えず、頭ががんがん痛んで周りの人の声も聞こえず、もうだめかと諦めかけたことだって一度や二度ではない。

そうやって壁にぶつかるたびに、少しずつ色々なものを諦めてきたから、こんな不思議な日くらいは、諦めたくないと思ったのだ。なんといっても、話ができる猫に出会った特別な日なのだから。

「すごい数の本だね……」

猫に続いて歩き出したナナミは、辺りを見回しながら嘆息していた。

最初は見慣れた「フランス文学」の棚の間を歩き始めたはずだったが、すぐに柔らかな光に包まれ、いまでは青白い書棚の通路のただなかを歩いていた。

両側に見たこともない書物が並んでいた。題名ばかりではない。知らない文字や記号が並び、年季の入った古びた装丁の本もある。革張り、布張りなどの豪奢な書物もあるかと思えば、数本の糸で束ねただけの色褪《いろあ》せた紙も見える。いずれにしても、書棚の通路は延々とかなたまで続き、膨大な書物がその両側を埋めていた。

「これでも本の数は少しずつ減っているのだ」

「減ってる？　どうして？」

「人の心の力が弱まっているせいだろう。残念なことだ」

残念だと言うわりには、口調はどこまでも淡々としている。

「だが、今案じるべきは、そのことではない」

「持ち出された本のことね。この先にさっきの男がいるんでしょ？」

「そうだ。休みなく動き回る男だ。必ず会えるとは限らんがね」

「会えたらどうすればいい？」

「話し合う」

急に穏当な言葉が返ってきて、ナナミは妙な顔をした。

かまわず猫が続ける。

「先ほども言ったはずだ。この迷宮では真実の力が最も強い。嘘は何の役にも立たない。ゆえに君は、自分の中にある真実をもって語り、本を取り戻す」

「でも、勝手に本を持っていっちゃうような相手に、話し合いなんて通じるの？」

猫が急に沈黙した。

光る通路に、ナナミの靴音だけが急に際だって響き渡る。

「……きわめて鋭い指摘だ」

「なんだかすごく不安な答え方」

「不安になってもらって構わない。すでにこれまでにも、本を取り戻そうとして迷宮に足を踏み入れた多くの人間が、奴の言葉に呑《の》み込まれ、心を失っていった」

不気味な話に、さすがにナナミも口をつぐむ。

「心を失った人間は、本にまつわる思い出をすべて忘れてしまう。そして二度と本を読まなくなる」

「それは困る」

「初めて意見が一致したな。わしも困る」

苦みを含んだ猫の声に、思わず苦笑しながら「でも」とナナミが応じた。

「大丈夫な気がする」

「驚いたな。この状況でなぜそう思う？」

「わからない。なんとなくそう思うだけ」

ナナミは静かに答えた。

ナナミ自身も不思議だった。猫と歩いていると、不安や緊張が自然に消えていく気がするのだ。

そんなナナミに、猫が肩越しに冷ややかな一瞥《いちべつ》を投げた。

「根拠のない楽観主義は危険だな。『慢心は人間の最大の敵だ』」

ナナミはちょっと驚いた。

「すごいね。こんなところで『ハムレット』の名言が聞けるなんて思わなかった」

「だが、弱音や愚痴ばかり並べるくらいなら、いくらかの楽観主義も悪くはない。とくに先行きが怪しいときにはな」

「なんだかひねくれてるね」

「当然だ。猫とはそういうものだ」

不必要に力強い声が通路に響く。

やがて青白い本棚の通路が、ゆっくりと白い光に包まれ出した。

「ちなみに言っておく」

また低い声が響いた。

「『ハムレット』ではない。『マクベス』だ」

そんな声まで光の中に溶けていった。


まぶしさが少しずつ遠のいていったあとの景色に、ナナミはさすがに驚いた。

両側を占めていた書架はどこにもなかった。

いくつもの轍《わだち》が刻まれた土の道に、ナナミと猫は立っていた。

両側には背の低い広葉樹が植わっており、空からは明るい日差しが降ってくる。額に手をかざして先を眺めたナナミは思わずつぶやいていた。

「お城……？」

そう表現するしかない石造りの建造物が、まっすぐな道の先に鎮座していた。

堂々たる城壁、その向こうに見える大きな塔。城壁の上には灰色一色の模様もない旗がはためき、ところどころに古風な長銃を構えた見張りの兵士が立《つ》っているのが見えた。城の正面には大きくアーチ状に切り取られた入り口があり、鎖で吊り下げられた頑丈そうな板橋が手前の堀をまたいでいる。

まぎれもなく城であった。

ふいに騒々しい地響きが聞こえたのは、背後から二頭立ての馬車が森を抜けて走ってきたからだ。慌てて脇によけるナナミをしり目に、荷台を引いた馬車が猛スピードで駆け抜けていく。そのまま馬車が飛び込んでいった城門に目を向けて、ナナミは眉を寄せた。

「兵隊がいっぱいいるね」

実際、城壁の上だけでなく、板橋の左右にも銃をかついだ二人の兵士が立っている。

「いきなり撃たれたりしない？」

「どうした、急に怖気《おじけ》づいたか？」

「鉄砲を見て、怖がらない方が問題だと思うけど」

「案ずるな。ただの見掛け倒しだ。本当に力がある者は、いたずらに武器を誇示したりはしない。弱い者ほど過激な言葉を使うものだ」

無造作に告げて猫は、城門の方へ歩きだした。

ナナミも慌ててあとについていく。

やがて城門の前までできたが、板橋の両側に立っていた兵士は黙って敬礼を返しただけだ。鉄砲は動かなかったが、しかしナナミは兵士たちの顔を見てぎょっとした。兵士は二人とも、血の気のない土気色の顔をしていたのである。無表情な上に、奇妙なほど特徴のない顔立ちで、目をそらした瞬間には、もうどんな顔であったか思い出せない。

「同じような顔、しかも顔色が悪い……」

「『灰色の男たち』だ。どれも皆そうだ」

猫の言うとおり、城門をくぐった先にいる男たちも皆同じである。

城壁の下に立つ者、馬を引いていく者、新たに駆け込んできた馬車の御者まで同じ灰色の顔であった。

空から降り注ぐ暖かな日差しと、灰色で均一な沢山の顔との対比がすこぶる不気味だ。

石壁に沿って歩きながら、ナナミがつぶやくように言った。

「『灰色の男たち』って……」

「以前、本で読んだことがある」

「それは貴重な経験だな」

「貴重？」

「今では奴らについて知っている人間は、けして多くない」

先を行く猫が、振り返りもせずに続ける。

「奴らは、きわめて危険な存在だ。かつては、そのことに気づいていた者たちもいた。そうした人々は、その危険性について、色々な本に書き残した。だが今では、ほとんどが忘れ去られてしまった」

淡々と語る声のどこかに、かすかな哀愁が漂っている。

「忘れるって言っても、あんな不気味な人たち、簡単には忘れられそうにないけど」

「不気味だと思えるその感性を、大切にしたまえ。今や世界全体が灰色に染まりつつある。当たり前のように身近に溶け込んだ奴らに、ほとんどの人間は気づくことさえできない」

ふいに空が広くなったのは、左右の石壁が途切れて大きな広場に出たからだ。

そこには一層異様な景色が広がっていた。

城壁に囲まれた広場の中央には、大きな祭壇が築かれており、中で火が焚《た》かれ、もうもうたる黒煙が上がっていた。周囲では灰色の顔の兵士たちが往復し、祭壇のそばに木箱を運んでくる者、木箱から何かを取り出して次々と炎の中に投げ込む者、直立不動で辺りを警戒している者などが入り乱れている。ときどき掛け声のようなものは聞こえてくるが、皆が一様に灰色の顔をしているから、活気があるように見えて、奇妙に現実感がない。

ふいに背後から騒々しい音が聞こえたのは、また新たな馬車が駆け込んできたからだ。ナナミの前を走りすぎた馬車が、祭壇の前で止まると、どっと兵士たちが集まってきて、熊手やスコップで荷台に積んだものを乱暴に引きずりおろし始めた。荷台から地面にばらばらと落ちたものを見て、ナナミは眉を寄せた。

本であった。

大小さまざまで、装丁もとりどりの本が、まるでゴミくずのように地面に撒《ま》き散らされている。

「全部本？」

「そうだ、世界中の本を運び込んできては、ここで燃やしているのだ」

「なんで？」

「それが正しいことだと思っているのだろう」

猫の返事は答えになっていない。

兵士たちは、地面に落ちた本を熊手で掻《か》き集めて木箱に放り込み、それを祭壇のそばまで運んで、次々と炎の中に投げ入れている。炎はますます勢いよく燃え上がっている。

広場の反対側へ出ていく馬車を見送りながら、ナナミは恐る恐る問うた。

「まさかとは思うけど『ルパン全集』も、もうあの炎の中ってことは？」

「それはない」

猫が断定した。

「あそこで燃やせるのは弱い本ばかりだ。力のある本は、彼らごときには扱えぬ。別の場所に運ばれる。問題はその場所だが……」

猫がそう告げたとき、ふいにナナミは呼ばれたような気がして首をめぐらせた。

実際に声が聞こえたわけではない。けれども辺りを見回したナナミの目は、広場を見下ろすように屹立《きつりつ》する大きな塔に引き寄せられた。塔の基部には、五、六人は並んで歩けそうな立派な石段がある。

「あれは？」

「城だな、言うまでもない」

「あの奥にある気がする」

答えたときにはもうナナミは歩き出していた。猫は一瞬翡翠の目を細めたが、何も言わずにそのあとに従った。

もうもうと煙をあげる祭壇を迂回《うかい》し、正面の大階段の下まで歩く間も、同じ灰色の顔をした兵士たちに行き会うが、誰もナナミたちには反応しない。石段の両側に立つ兵士も敬礼をしただけで、行く手を阻む様子もない。

「不思議なものだな。案内人はわしのはずだが、わしの方が君に案内されているかのようだ」

猫のつぶやきに、ナナミは小さく笑い返しただけで、目の前の大きな階段を上り始めた。

それほど急な階段ではないが、段数は多い。上り切ったところでナナミは胸に手を当てて、大きく深呼吸をした。

「大丈夫か？」

「今のところ」

正直なところ体に不安がないでもない。

この異様な空間で、緊張も高まっている。しかも城外からそれなりの距離を歩き、長い階段を上ってきたのだ。ふとしたきっかけで胸の奥の暴れ馬が目を覚ますかもしれない。けれど不思議なほど恐怖感はなく、今のところは呼吸も落ち着いている。

「強いのだな、君は」

「そうでもないよ。イツカには丈夫じゃないから気をつけろって、いつも言われてる」

「体のことではない。心の話だ」

つかみどころのない応答をしながら、猫は城の奥に目を向けた。

外から見たときは、武骨なただの塔に見えたが、そこには思いのほかに広々とした通路が延びていた。天井は高く、足下には幅の広い真っ赤な絨毯《じゅうたん》が敷かれている。左右には太い柱が連なり、側廊にはところどころに石造りのらせん階段が見え、柱ごとに点々と灰色の顔の兵士たちが立っている。

呼吸を整えたナナミは、すぐに奥へと足を踏み出した。分厚い絨毯のおかげで、ほとんど足音はしない。同じ形状の柱と、同じ顔をした兵士の間を、音もなく歩いていると、昔絵本で見た、だまし絵の世界に迷い込んだような心地になってくる。

やがてナナミと猫は、重厚な木製扉の前にたどり着いた。

「何者か？」

声を発したのは、扉の前にいた兵士である。

灰色の顔をした兵士が、姿勢も変えず、目も合わせず、抑揚のない声を響かせる。

「この先は将軍閣下のお部屋である。用件は何か」

「その将軍に会いに来た」

猫が力のある声で応じた。

唐突な猫の応答に、兵士はすぐには答えなかった。灰色の顔をわずかに動かし、猫とナナミに無感動な目を向けた。ナナミは思わず身を固くしたが、兵士はさらに数秒をおいてから、にわかに踵《かかと》をならして姿勢を正した。

「将軍閣下に来客！」

兵士が大声を響かせ、わずかの間をおいて、あちこちにいる兵士たちが順にそれを復唱していく。

『将軍閣下に来客！』

『将軍閣下に来客！』

同じ台詞が、同じ声と抑揚で城内にこだまし、遠ざかっていった声が聞こえなくなったところで、ゆっくりと大扉が左右に開き始めた。

「行くぞ」

猫の、落ち着き払った低い声が響いた。


扉の向こうはずいぶんと奥行きのある広間で、そこにも真っ赤な絨毯が続いていた。

天井には豪奢なシャンデリアが連なり、その突き当たりの壁には何の意匠もない灰色の垂れ幕が下がっている。垂れ幕の下は、周りより三段ほど高くなっており、真っ赤なビロード張りの肘掛け椅子が、いかにも威圧的に置かれている。

中央の絨毯が明るく照らされているのに比して、両側の壁際は薄暗い。その闇の中に、数メートルおきに直立不動の兵士が並んでいることに気づいて、ナナミは思わず首をすくめた。

「あんまり気持ちの良い部屋じゃないね」

「恐れるな。言ったはずだ。本当に力がある者は、いたずらに武器を誇示したりはしない」

落ち着いた声で告げて、猫は静かに歩き出す。

そのあとを追って歩き出したナナミは、絨毯の両側に等間隔に置かれている、白く四角い物体に目を向けた。遠目にはわからなかったが、それは磨き上げられた石の台である。大きさはナナミがいつも図書館で座っている机ほどだが、足もなく、引き出しもなく、真っ白な立方体だ。いわば巨大な白いサイコロが、点々と両側に置かれている。

そのサイコロの上に目をとめて、ナナミは思わずつぶやいていた。

「『海底二万マイル』……」

まぎれもなく、台上に置かれているのはジュール・ヴェルヌの傑作だ。

「こっちは『指輪物語』の一巻。まるで国宝か何かみたいな置き方ね」

そんな風に、左右、十を超える石台の上には、それぞれ何らかの書物が置かれ、それを頭上のシャンデリアが明々《あかあか》と照らしていた。

「『ドリトル先生』……『宝島』……『白鯨』……」

「全部知っているのかね？」

「みんな私に最高の時間をくれた本だから。友達みたいなもの」

「なるほど、友人に恵まれている」

順に追っていけば、『ダルタニャン物語』や絵本の『フレデリック』もある。どれも図書館から消えた本だ。正面の肘掛け椅子にもっとも近い石台の前まで来て、ナナミは足を止めた。

艶光りする台上に、古びた十冊の本がずらりと並んでいた。背表紙は色褪せ、角もすり切れている見慣れた全集。言わずと知れた『ルパン全集』だった。

「ずいぶん急な客人だな」

ふいに頭上から声が聞こえて、ナナミははっと顔を上げた。

壇上の肘掛け椅子の横に、いつのまにかひとりの体格のいい男が立っていた。スーツを着て、鳥打ち帽をかぶった、あの男だった。その両側には、これ見よがしにきらびやかな勲章で飾り付けた二人の衛兵を従えている。

真っ赤な絨毯、広大な広間、古風な装いの衛兵、そういう風景の中央に悠然とスーツの男が立っている。それだけでも十分に異様であったが、男が帽子を取ったところで、ナナミはぞっとして肩をすぼめた。

兵士たちと同じ灰色の顔がそこにあったのだ。ただ、人形のように個性のない灰色の男たちの中にあって、この人物にだけは特徴があった。大きな鷲鼻《わしばな》と鼻の下の青黒い口ひげ、そして灰色の鋭い目が、きわだった存在感を示していた。

鳥打ち帽を傍らの兵士に預けた男は、品定めするような視線をナナミに向けながら、形ばかりの礼をしてみせた。

「ようこそ『将軍の間』へ」

「将軍の間?」

「そう、『将軍の間』だ」

威厳に満ちた声が響いた。

「つまりあなたが将軍?」

「言うまでもない」

灰色の将軍は、大きく右腕を広げた。

「ようこそ、と言うべきかな。ここに客人は珍しいのでね。まずは歓迎しよう」

広い空間はまるでコンサートホールのように、将軍の太い声を反響させている。その態度は、少なくとも外見上は、礼儀正しく穏やかだが、威圧感は強烈だ。将軍は視線をナナミの足下へ移して、太い眉を寄せた。

「久しぶりだな。君も来ていたのか。もう諦めたものだと思っていた」

ナナミは、ちらりと足下の相棒に目を向けた。

「知り合いなんだ?」

「残念だが知り合いだ。しかし友人ではない」

猫は冷ややかに答えながら、壇上の将軍を見返す。

「将軍よ、本を返してもらいにきた」

「その台詞は聞き飽きた。言ったはずだ。これは人々のためなのだと。それを君は、あくまで邪魔するというのかね」

「すごい言い訳だね……」

ナナミは小さくつぶやいた。

「勝手に持ち出しておいて、人々のためだって。羽村さんが聞いたら激怒するよ」

「勇敢なる少女よ」

ナナミの密《ひそ》やかな抗議を、将軍はたしなめるように制した。

「君は誤解している。たしかに本を持ち出しているのは我々だ。しかしそれは必然なのだ。必要なことであり、やむを得ないことであり、行われるべきことだ」

「よくわからないけど、図書館の本を持ち出すときには貸し出し手続きが必要なんです。相手が中学生だろうと将軍閣下だろうと、受付に黙って持ち出すのはルール違反」

当たり前のことである。それこそハム爺がいてくれれば、その当たり前について、皮肉と嫌みをたっぷりこめて説明してくれるに違いない。

将軍は感心したように片眉をわずかに上げた。

「勇敢なだけでなく、知的なお嬢さんだ」

将軍は身を翻すと、背後の肘掛け椅子にゆったりと腰をおろした。灰色のスーツを着た灰色の顔の男が、ビロード張りの豪奢な椅子で脚を組んでいる。その両側には古風な銃を構えた兵士が立ち、頭上のシャンデリアの光が明るく壇上を照らし出している。

何もかもがちぐはぐで、間違いだらけの合成写真のようだ。

「君にはまだ理解が難しいかもしれない。だが結論を急ぐものではない。我々は君たちのために行動している。いずれわかってもらえるだろう」

灰色の将軍は、憂いに満ちた目で、きらびやかなシャンデリアを仰ぎ見る。

「本を焼き払うことはとても大変だ。君も見てきたはずだ。広場には、日々世界中から本が集められ、兵士たちが懸命に燃やし続けている。際限なく運ばれてくる本を、ああして灰と煙に戻すだけでも一苦労だが、しかしすべての本が、あんなふうに大人しく灰になってくれるわけではない。力のある本はひどく抵抗する」

将軍は、右手を上げて広間全体を示した。

「そういった強力な本は、いったんここに集められる。ここで、その力が弱まることを待たねばならん。ここに安置し、人々の記憶から消えていけば、強靱《きょうじん》な本もいつまでも抗《あらが》うことは困難だ。ここはそのための広間だよ」

「基本的なことを聞きます」

ナナミの張りのある声が広間に響いた。

振りかざしていた右手を、将軍はゆっくりと下げてナナミに差し出した。

「なにかね？」

「なぜ本を燃やすんですか？」

「たやすい質問だ」

将軍は軽く口ひげをつまみながら、

「危険だからだよ」

意想外の返事に、ナナミはさすがに面食らう。

将軍はゆっくりと立ち上がると、壇上を堂々たる足取りで歩き出した。

「本は実に危険だ。とくに古くから伝わってきた書物、時代を越えて多くの人が手に取ってきた書物は危険きわまりない」

「本が危険？」

「危険だとも。無論すべての本が危険だとは言わない。ありふれた知識を羅列しただけの無害な本だってあるし、即席の感動や娯楽を提供してくれるような本の有用性については、私も否定しない。だが、そうでない本もまだまだ多い。特に、ここに並べてあるような本は危険だ。人を誤った方向に導いてしまう」

ナナミが沈黙していたのは、納得したからでは無論ない。

本に対する思い入れなら、ナナミには人一倍どころか、二倍も三倍もある。だから、反論の戸口があれば、遠慮なくナナミはドアを開けて入っていっただろう。だが、将軍の演説はあまりに奇抜で、どこにも戸口がない。要するに、意味がわからない。

「世界はすさまじい速度で変化している」

壇上を左の端まで歩いた将軍は、素早く回れ右をすると、また中央に戻りながら演説を続ける。

「古びた本から得られるものなど何もない。それどころか間違ったことが書かれている。それなのに、いまだに一部の人間は、はるか過去に書かれたくだらない作品に執着している。ここに並べた書物を見てみたまえ。どれも過去の醜い陋習《ろうしゅう》にとらわれた、頑迷にして時代遅れの作品ではないか。そんなものにとらわれてはいけない。人間は、もっと自由で、もっと豊かな存在なんだ」

「だからって……」

ナナミは口を開いた。ようやく反論の扉を見つけたというわけではない。ただどこであれ目の前の壁をノックしなければ、延々と演説が続きそうだったからだ。

「だからって、本を燃やすことはないんじゃないですか。読むか読まないかは、あなたが決めることじゃない」

「妄言だ」

将軍が哀れむような目を向けた。

「たとえば、このマスケット銃を見たまえ」

将軍は、すぐ後ろにいた兵士に歩み寄り、兵士が持っていた艶光りする銃筒《じゅうとう》を、小動物でも愛《め》でるように優しく撫でた。

「マスケット銃は、そこに置いてあるだけでは、一見、無害で優美なインテリアに過ぎない。だがいったん手に取れば、危険きわまりない物になりうる。人差し指一本で、目の前の任意の誰かを撃ち殺すことができるのだからね。本も同じだよ。迂闊に触れることは危険だ。そして迂闊に触れようとする者は、まだまだ少なくない。だから我々は本を集め、ここで灰にしてしまおうと力を尽くしているのだよ」

銃筒から手を離した将軍は、鷹揚《おうよう》にナナミを振り返った。

「大丈夫だ。難しいことは何も気にしなくていい」

傲岸《ごうがん》な態度と、厳格な口調に変わりはないが、声のどこかに甘い響きがくわわっていた。身構えていたナナミは、ふいにふわりと体を掬《すく》い上げられるような妙な感じを覚えた。

「君が心配することは何もない。すべて我々に任せてくれたまえ」

厚みのある声が、すべてを包み込むように広間にこだましていく。ナナミの当惑を、当惑ごと抱き上げるように、将軍はゆったりと両腕を広げてみせた。

つかの間茫然としていたナナミは、しかしまとわりつく生ぬるい空気を振り払うように首を振って相手を見返し、はっとして息を詰めた。将軍の目がガラス玉のようにうつろに見えたのだ。

——何かが変だ……。

そんな直感とともに、どこかに飛んでいきそうになった思考を強引に摑んで、胸元に引き戻した。

『心配することは何もない』

『任せてくれたまえ』

その言葉は、本来なら聞く者に安心を与えてくれるはずだ。ところが、ここでは何かが変だった。

そっと首筋に手を当てたのは、暑くもないのに、そこにうっすらと汗をかいていたからだ。とても嫌な汗だった。

「君にはわかるようだな、あの男の恐ろしさが」

足下の猫が告げた。

その低い声が、ナナミの気持ちを落ち着かせてくれた。

「なにか変。あんなに堂々として自信に溢《あふ》れているのに……、なんだか気持ち悪い」

「そう感じることができる君は、強い心を持っているということだ。言ったはずだ。ここでは真実と心の力がすべてだと」

「でも、真実なんて……」

「将軍の戦い方はねじれている。己の真実を示して力にするわけではない。奴は何かを語っているように見えて何も語っていない。訪れた客人たちから真実を吸い上げて、自分の力にしてしまう」

難しい言葉だった。

猫の淡々とした声が続く。

「人間は誰もが君のように強い心を持っているわけではない。むしろそうでない者たちの方がはるかに多くなってしまった。そういう弱い人間たちは、自信に満ち溢れた態度に、容易に身を任せてしまう。自ら判断し、自ら行動することには責任を伴う。ならばいっそ考えることをやめ、すべてを託してしまえば、楽だろう。そうやって、自分自身が積み重ねてきた真実を放棄してしまう」

「それが、相手の言葉に呑み込まれたって言ってた人たち？」

「そうだ。演説の内容などどうでもいい。真実を放棄した者たちは、考えることそのものをやめてしまう。そして自信に満ち溢れたどこかの偉い将軍が、何もかも解決してくれるという子供じみた妄想の中に沈むことになる。父親の運転してくれる車の後部座席で、何の心配事もなくまどろむ時間ほど心地よいものはないだろう。いずれは自分がハンドルを握らねばならない時が来るなどとは、考えもしない。いくら年を重ねても、子供のままの大人は多い」

喘息の発作でもないのに、ナナミは息苦しさを覚えていた。

ナナミには、心の強さというものはよくわからない。ただ、自分の頼りない体は、自分で守るしかないということを知っている。考えることをやめる、ということは、どこかの立派な人が、喘息発作に気づいてくれるまで寝転んで待っているということなのだろうか。だとすれば、ずいぶん恐ろしいことに違いない。

「さて、少女よ」

にわかに将軍の大きな声が割り込んできた。

ナナミが顔をあげれば、将軍は、変わらず両手を広げ、堂々と壇上に立ちはだかっていた。

「決断のときだ。決めたまえ。いや、君が自分で決める必要もない。安心して私についてくるといい」

力強い声でありながら、どこまでも空洞のようなガラスの目が、ナナミを見つめていた。

豊かな声、堂々たる手振り、優しげな言葉と控え目な微笑……。

しかしその向こうには何もない。

「あなたは誰？」

ふいのナナミの問いかけは、ほとんど無意識にこぼれ落ちたものだった。ゆえに大きな声ではなかったが、広々とした『将軍の間』に伸びやかに響いていた。

将軍が軽く眉を上げた。

「驚いたな。そんな問いを投げてきた客人は、君が初めてだ」

「あなたは、とても変な感じがする」

将軍は答えなかった。

「何かがおかしい。絶対に」

「何かとは？」

「わからない。でも大事なものが欠けている感じ……」

将軍はわずかに首を傾け、太い指で口ひげをつまんだ。

「なるほど、そうかもしれない。いや、そうなのだろうな」

つぶやくように言ってから、冷然たる目をナナミに戻した。

「いいだろう。敬意を表して、ひとつヒントをあげよう。私は君たちと『ともに歩む者』だ」

広間に、陰々と響くようにその声が広がっていった。

泰然としていながら、空虚であった。

重苦しい圧迫感がありながら、水のように摑み所がなかった。

将軍は肘掛け椅子の横に立ったまま、わざとらしく胸元から懐中時計を取り出した。

「すまないが、時間だ。次の本を集めに行かなければいけないのでね。まだまだ世界には厄介な本が多い」

そばの兵士が差し出した帽子を受け取りながら、ナナミに目を向ける。

「もはや多くを語るまい。このまま帰りたまえ。もちろんここにある本に別れを告げてね。古き良き物語は、記憶の押し入れに片付けて、ついでに厳重に鍵をかけておくことだ。再び君をこんな場所に導かないために」

帽子を片手に、わざとらしく黙礼した。

唐突な終わりの合図だった。

二人の衛兵を引き連れて、壇上を去っていく将軍を見つめながら、ナナミは動かなかった。

「ナナミ……？」

猫の声に、ナナミは答えず、黙って体の向きを変えると、そばの石台に歩み寄った。

「難しいことは私にはよくわからない。けど、ひとつだけ確かなことがある」

白い手を目の前の書物に伸ばした。

「私は、大切な本を忘れない」

ナナミの手が本に触れようとしたその瞬間、耳をつんざくような破裂音が響いた。甲高い音が広間の空気を震わせたあと、将軍の太い声が降ってきた。

「いけないな。それは私のコレクションだ」

見れば立ち去り際の将軍が、壇上で振り返って、氷のような目を向けていた。その両側では、二人の衛兵が銃口をナナミに向けている。のみならず、壁際に立っていた兵士たちも全員が、一人と一匹に向けて銃を構えていた。

ナナミは、将軍を睨み返そうとして、たじろいだ。ガラス玉のような冷たい目の向こうに、何かどす黒いものが見えた気がしたのだ。

「心配ない。今のは空砲だ。しかし先ほども言ったように、こいつは危険な武器だ。次はどうかはわからん」

一気に汗が噴き出すのを自覚しながら、ナナミは足下に声をかけた。

「見掛け倒しとかなんとかって、言ってなかったっけ？」

「訂正しよう。奴は確実に強大になっている。以前とは違う」

「違う？」

それには答えず、猫はゆっくりと後ずさった。

「引き返すぞ、ナナミ。将軍を怒らせるのは得策ではない……」

「つまり逃げ帰るってこと？」

思いのほかに力のある反論に、猫の方が戸惑いを見せた。

ナナミはなおも、壇上の将軍を見返していた。無数の銃に囲まれて、もちろん怖くないわけではない。けれども、何か心の奥底で泡立つものがあった。将軍は本を危険だと言う。だから燃すのだと言う。意味はわからない。けれど、意味がわからないまま逃げ出せば、きっと後悔するということだけは、ナナミにはわかる。

あの青白い書棚の通路に踏み出したときに決めたのだ。今日は諦めない日なのだと。

ナナミがそう思ったときだった。

ふいに辺りが淡い光に包まれ始めた。

はっとして周りを見回せば、石の上に並んでいたいくつもの本が、突然光を放ち始めていた。

柔らかな光はゆっくりと強くなり、徐々にまばゆくなって『将軍の間』を満たしていく。

「どうした！」

初めて将軍の顔に当惑が見えた。と同時に、銃を構えていた兵士たちが、奇妙なほど慌てふためいて右往左往し始めた。機械のごとく整然と振る舞っていたのが嘘のように動揺し、中には急に走り出して隣の兵士にぶつかっている者までいる。

『海底二万マイル』が輝いていた。

『車輪の下』も光に包まれていた。

『フレデリック』も『はらぺこあおむし』もまばゆく輝き始めている。

「慌てるな。本が騒いでいるだけだ」

将軍の大声が響き渡るが、兵士たちの混乱は鎮まらない。その怖がり方はほとんど滑稽なほどで、床に伏せて頭を抱えている者さえある。

ナナミはといえば、いくらかまぶしさを感じるだけで、格別身の危険も不快も感じない。むしろ温かな活力がナナミの胸に広がっていく。

「あのさ……」

光の中で、ナナミはささやいた。

「猫って、どのくらい走れるの？」

「どういう意味だ」

怪訝《けげん》な顔をした猫は、すぐにナナミの思惑を理解して、翡翠の目を見開いた。

周囲では本は相変わらず光り輝いていて、兵士たちは柱にしがみつく者、目を閉じ震えている者など、さまざまだ。

「危険すぎる。あのマスケット銃がどれほどの力を持っているのかわしにもわからんのだぞ」

「じゃあこのまま尻尾巻いて逃げ帰る？」

「認めたくはないが、ほかに選択肢はない」

そこまで言った猫は、すぐに気がついたようにナナミを見上げた。

「だいたい君こそ、走れるのかね？」

「一分くらいなら大丈夫。準備運動をさせてくれれば、もう少しがんばれるんだけどね」

ナナミとしては精一杯のユーモアだが、もちろん猫はにこりともしない。

どうやら本が放つ光は、延々と続くものではないらしい。すでに光が弱まっている本もある。光が消えてしまえば、この混乱もおさまってしまう。

「全部は無理でも、一冊だけでも持ち帰る」

「なんという少女だ……」

呆れる猫に、ナナミは静かな目を向けた。

「言ったでしょ。私は大切な本を忘れない」

ナナミは、かすかに笑ってみせた。

猫はしばし声を失っていたが、やがて深々と息を吐きだした。

「良かろう。君に賭けよう」

その低い声が合図となった。

次の瞬間、ナナミは『ルパン全集』の一番端の『奇巌城』を抜き取って、軽やかに身を翻した。

その動きは、完全に予想外であったのだろう。

将軍が、言葉にならない声を上げた。

出口へ駆け出すナナミを追いかけるように、その声は、裏返った叫び声に変わった。

「待ちたまえ！」

掠れた声が響く中、しかし本の光は、ナナミの逃走を助けるように一斉に輝きを増した。まばゆい光の中を駆け抜けて広間の外に出れば、異常を聞きつけた兵士たちが、城の入り口の階段上に集まり始めている。そこまでは光も届かない。

猫がすばやく方向転換して、側廊に飛び込み、ナナミもそれに従った。柱の陰に石造りのらせん階段が見えた。猫に導かれるままに階段に駆け込み、一息に上れば、そこはもう城壁の上だ。

幸運というべきだろう。城壁上の兵士たちはいったん下に集まったのか、立ち並ぶ灰色の旗の下には誰もいない。風の吹き抜ける無人の城壁を、ナナミと猫は脇目もふらず駆けていく。

〝全力疾走なんて何年ぶり……〟

ナナミのそんな感慨は、突然の破裂音に吹き飛ばされた。広場の祭壇周りにいた兵士たちが、城壁の上に向けて発砲したのだ。続けざまに、銃声が炸裂《さくれつ》し、ナナミは思わず胸元の本を強く抱きしめた。

「全部、空砲ってわけにはいかない？」

「考えるな！」

城壁の先に小さな塔が見えた。城門の真上だ。塔内の石段をくだれば外に出る最短距離になる。しかし塔にたどり着いたときには、ナナミの喉に違和感が生まれていた。

「やっぱり長くはもたないかも……」

「今少しだ。さっきの威勢はどうした」

「無茶言わない。これでも持ちこたえてる方だよ」

階段を下りかけたところで、下から兵士たちが上ってくる気配がした。一段ずつ、リズムを刻むように整然たる足音が聞こえてくる。

まずいと思って上まで戻ると、今逃げてきた道を兵士たちが列をなして追いかけてくる。皆同じ顔をしているうえに、灰色の無表情であるから、これほど不気味な景色もない。

「作戦失敗か……」

笑ったナナミの呼吸に合わせて、ひゅーひゅーとかすかな音が喉で鳴っていた。銃剣を構えた兵が、滑稽なほどきれいな隊列を組んで近づいてくる。

「なにが起こるの？」

「わからん」

「帰れなくなる？」

「それもわからん」

猫は小さく首を振った。

翡翠の目を、押し寄せてくる兵士たちに向ける。

「謝らねばならんな。やはり君を連れてくるべきではなかった。わしが甘かったのだ」

「こういう時はね」

ナナミは懸命に呼吸を整えながら、膝をついて猫の頭に手を置いた。

「お詫《わ》びじゃなくて、お礼を言うものよ。一緒に来たんだから」

戸惑う猫に、ナナミは額の汗をぬぐいながら笑いかけた。

「結構楽しかった」

そう告げた時だった。

ナナミのすぐ背後にある階段脇の小さな扉が、音もなく開いた。と同時に声が届いた。

「こっちだ！」

ナナミは猫を顧みた。

「仲間？」

「知らぬ」

「頼りないの！」

短い会話とともに、ナナミと猫はほとんど勢いだけで扉の中に転がり込んでいた。飛び込むと同時に、すぐに扉が閉められた。一瞬で、外の喧騒《けんそう》と銃声が嘘のように掻き消された。

胸を押さえながらも、ナナミは驚いて辺りを見渡した。狭い石造りの部屋があるだけかと思った場所には、まったく予想外の景色が広がっていたのだ。青白い光に包まれたまっすぐな通路があった。両側には無数の書籍を並べた書棚が連なっている。

来るときに通ったあの不思議な書棚の通路だ。

「どうやら間に合ったみたいだね」

穏やかな声が降ってきた。

ナナミの背後で扉を閉めた人物が、青白い光の中に顔を見せた。温和な笑みを浮かべた眼鏡をかけた青年であった。

長身というわけではない。けれどもゆったりとした動作のおかげか、不思議と大きく見える。年齢は二十代なかばくらいだろう。物静かで理知的な目が、ナナミを見返している。

「ナナミ」とそばで声を上げたのは猫だ。

「まずは薬を使いたまえ」

冷静な指摘に、ナナミも我に返った。

座り込んだまま、ポケットから吸入薬を取り出して口に当て、なんとか薬を吸い込むが、立て続けに咳《せき》が出て、視界がくらくらと踊りまわった。

青年がそばに膝をついて、そっとナナミの背中をさすってくれる。

「少し休んだら、歩けるかい？」

「多分……大丈夫」

「無理はしなくていい。ただ、動けるようなら歩こう。ここからは少しでも離れた方がいい」

この切羽詰まった状況でありながら、慌ただしさも、押しつけがましさもなく、落ち着いた声だ。将軍のあの異様に圧迫感のある声を聞いたあとだけに、じんわりと温かいものが胸に染みてくる。

青年の手が、床に置かれた『奇巌城』を拾い上げた。

「よく持ち帰ったね」

「知ってるの、この本？」

「もちろん、歴史に残る名作のひとつだよ」

短い言葉の中に、ささやかなユーモアがある。

本をナナミに返した青年は、かたわらの猫へと目を向けた。

「久しぶりだね」

そんな言葉に猫は翡翠の目を光らせただけで、すぐには答えなかった。

しばし青年を見返していたが、やがて落ち着き払った声で応じた。

「久しぶりだな。あれから何年だ？」

「もう十年は経《た》つかな」

「そんなにか……、道理で少し背が伸びたようだ」

不思議そうに見守るナナミの前で、青年が笑って頷いた。不愛想な猫さえもかすかに微笑したように見えた。

ナナミは思わず口を挟んだ。

「知り合いなの？」

「そうだな。古い友人だ」

猫が答えた。

そして懐かしげに目を細めた。

「よく来てくれた、二代目」

青年はもう一度、今度は大きく頷いた。

第二章　作られし者

「大丈夫、ナナミ？」

長い駅の階段を上っていたイツカが、首だけめぐらせて振り返った。

少し遅れていたナナミは、ひと息ついて答えた。

「大丈夫だよ、ゆっくり行くから」

そっと胸に手を当てたが、今のところ危ない兆候は感じられない。

ナナミは大きく深呼吸をしてから、また階段を上り始めた。

日曜日の午前中ということもあって、それほど人は多くない。ただ見慣れない駅の上り階段は、思った以上に長く感じられる。朝から意外と冷え込んでいたから、しっかりと着込んできたものの、額には軽く汗がにじんでいる。いつにない運動量にくわえて、緊張もあるためだろう。

体調は良好だが、調子にのって駆け上がったりすると、ひどいことになるのは目に見えているから、ナナミはゆっくりと歩いていく。

「こんなに遠くまで来たのは初めてかもしれない」

一段ずつ階段を上るナナミに、イツカはいつもの気軽な口調で応じた。

「ナナミって家と学校と図書館の往復だもんな」

「たぶん、父さんもいない状態で電車に乗ったのも初めてだと思う」

イツカはちょっと驚いた顔をしたが、こういう時に余計な同情の言葉を口にしない。

「昔、電車でひどい発作になって、駅から救急車で運ばれたことがあったから、ひとりで乗せたくないんだと思う」

「で、今回はよかったの、お父さんは？」

「電車とは言ってない。イツカとちょっと遊びに出てくるって言っただけ」

「おいおい……」

イツカが呆れ顔になった。

「言ったら絶対許可してくれないから」

ナナミは小さく笑い返した。

ちょうど、すぐそばを小学生らしき一団が元気に駆け上がっていく。四、五人の少年たちは皆一段飛ばしして風のようにナナミを追い越していく。

「この前、ちょっと帰宅が遅くなった日があったんだけど、すっごい怒られた」

「ナナミのこと心配してるんでしょ」

「それもあるけど、なんか仕事が大変で疲れてるみたい。最近、帰りが遅い日も多いし、仕事より自分の体を心配した方がいいんじゃないかって思うくらい」

昔は父も、よく図書館に連れていってくれたものだが、今となっては遠い思い出だ。

「うちもそうだよ。両親とも朝から晩まで仕事仕事。子供を放置して、共働きで走り回ってるのに、全然貧乏のままだなんて、ほんと世知辛い世の中だよねぇ」

イツカの妙に大人びた感慨に、ナナミも思わず苦笑した。

「それで、ここからは本当にひとりで大丈夫なの？」

階段を上りきり、駅の出口まで来たところに、イツカの心配そうな顔が待っていた。

「大丈夫。イツカは、これから弓道部の大会なんでしょ？　ここまで来てもらっただけでも十分」

「大会っていっても、小さな地方会なんだけどね。それがなけりゃ、最後まで付き合えるんだけど」

「大丈夫、とっても助かった」

「もう一度確認しておくけど……」

イツカは握っていた弓を持ち直しながら、ナナミを見返した。

「どうしても、その『夏木《なつき》書店』に行かなきゃいけないいんだ？」

ナナミは静かに頷いた。

「自分でもよくわからないけど、多分、色々確かめなきゃいけないことがある」

まとまりのない返事だということはわかっているが、ほかに答える言葉もない。何せあの不思議な出来事から、まだ一週間しか過ぎていないのである。

あの日、青白い光の通路を抜けてナナミが戻ってきたのは、出発した図書館ではなく、ナナミの知らない場所であった。

図書館と同じように通路の両側に書棚が並んでいたが、明らかに景色が違う。両側を埋める大きな書架は、武骨なスチール製ではなく使い込まれた木製で、磨き上げられて艶光りしていた。天井にはクラシカルなランプが点々とともり、長い通路の中程にある机には、陶器の美しいティーセットが置かれていた。

「夏木書店っていうんだ」

導いてくれた青年が、続けて告げた。

「そして、僕は夏木林太郎《りんたろう》」

そう名乗ったときの、眼鏡の奥に光る優しげな目を、ナナミは今もはっきりと覚えている。

ただそれ以外の記憶が今ひとつ曖昧なのは、喘息発作がきっちりと収まっていなかったからだろう。まだ荒い呼吸をしているナナミを椅子に導いた林太郎は、毛布をかけ、ティーセットで紅茶を淹《い》れてくれた。

温かな紅茶を飲み、なんとか呼吸が落ち着いてきた時には、猫の姿はなく、青白い光の通路があった場所は、何の変哲もない木の壁になっていたのである。

「店の戸締まりをしていたら、急に奥の壁が青く光り始めてね」

まだ茫然としているナナミに、林太郎が説明してくれた。

「久しぶりだったから驚いたけど、たぶん行かなきゃいけないと思って、飛び込んだ。そしたら君たちがいたというわけだ」

そんな事をなんでもないことのように告げた。

『久しぶり』という言葉の意味を、林太郎は細かく説明しようとはしなかった。

「説明するのは簡単なことじゃない。大切にしている本の内容を、手短に解説してくれって言われても、難しいのと同じかな」

「それなら、わかります」

ナナミもカップを両手で包んだまま、強く同意した。

「私だって、『剣よ、さらば』の感動を、言葉で説明しろって言われても困るから」

林太郎は、にっこりと笑い返した。

机の上にあった小さな置時計は夜七時を過ぎていた。

あんなに色々なことがあったのに、思いのほかわずかな時間しか経っていなかったが、中学二年生の少女が出歩く時間ではなかった。おまけに夏木書店は、ナナミの住む町からずいぶん離れていたから、林太郎は車で自宅まで送ってくれたのである。

一連の経過は、ほとんど夢心地であった。あまりに沢山の出来事が起きて目が回りそうなくらいだったが、しかし一番大変だったのはそのあとだ。

家には、険しい顔をした父が待っていた。もしかしたらまだ父は帰っていないかもしれないという、ナナミの淡い期待はあっさり吹き飛んでしまった。

「こんな時間までどこを出歩いていたんだ」

厳しい口調で問い詰める父の気持ちも当然といえば当然だ。学校と家と図書館を往復するくらいがせいぜいの娘が、夜まで家に帰ってこなかったのである。

ナナミとしても、まさか猫と城と灰色の男について話すわけにもいかない。とりあえずイツカの家に遊びに行っていたことにして辻褄《つじつま》を合わせ、あとは、平謝りを貫き通して、なんとか父の怒りを解いたのである。

一時間近く差し向かいでお説教を受けながら、最後の方は、こんな風にふたりで長い時間を過ごすのも久しぶりだと、場違いな感慨がよぎったのは、それだけ父と過ごす時間が少なくなっていたからだろう。たまに早く帰ってくる時があっても、疲れ切ったその横顔を見るくらいで、じっくり会話をすることなどほとんどなくなっていたのだ。

ようやく父から解放され、神妙な顔で部屋に戻りながらも、ナナミは頭の半分で反省しつつ、残り半分では別のことを考えていた。

部屋に戻ると、さっそくポケットから取り出したのは一枚のメモだ。

『いつでもまた訪ねてきてくれていいよ』

別れ際に、そう言いながら林太郎が渡してくれた、地図と住所を記した紙である。

猫と青年と不思議な書店。

父に怒られたからといって、行かないという選択肢はない。

我ながら思いのほかに図太い性格だと呆れつつも、ナナミはイツカに相談することにしたのである。


「『夏木書店』までの道はわかってるのよね」

イツカの声に、ナナミは我に返った。

手元には、林太郎から受け取った地図があるとはいえ、知らない町を一人で歩くのは初めてだ。

周りを見回せば、バス停があり、タクシー乗り場があり、その向こうに多くの商店が並んでいる。どこにでもある駅前の繁華街だが、そこに踏み出すことは、ナナミにとってちょっとした冒険なのである。

イツカもまた、ナナミと並んで行き交う車を眺めながら、何気ない調子で口を開いた。

「その書店に行くと、しゃべる猫に会えるわけだ?」

ナナミはちらりと友人を見返す。

「イツカ、信じてないな?」

「普通信じるかい」

「そりゃそうか」

ナナミは苦笑しつつ、

「じゃ、なんでこんなところまで付き合ってくれたの？」

そりゃ、とちょっと考えたイツカは、にこりともせず答えた。

「友達だからじゃない」

こういう台詞を気負いなく口にできるのが、イツカという友人なのである。

機会さえあれば、ナナミもイツカの力になりたいとは思うが、自分にできることには限界がある。せめてこの友人に嘘はつきたくないと思うから、一週間前にあったあの不思議な出来事については、伝えられる限り話したのだ。

呆気にとられたまま聞いていたイツカは、しかし最後まで笑い飛ばしたり、遮ったりしなかった。聞き終えて、一言。

『で、私に何かできることある？』

そう問うただけである。

もちろんナナミの返事は決まっていた。

「正直、遠くに出かけるのに付き合って欲しいってナナミが言ったときは、頭の検査でも受けに行くのかと思ったんだけどね」

「怒るよ、イツカ」

「冗談だよ。じゃあ気をつけて。無理するな」

イツカは普段と変わらぬ様子で、黒い布に包んだ弓を持ち上げた。背を向けかけた親友を、ナナミは思わず呼び止めていた。

「イッカ」

「なに？」

「今度、肉まん奢《おご》るね」

そんな言葉に、イツカは軽く眉を動かしたが、

「おう」

いつもの調子で返事をすると、くるりと背を向けて階段を下りていった。

その背を見送ったナナミも、地図をポケットに戻して、見知らぬ町に足を踏み出した。


商店街を抜け、二度ほど角を曲がって歩いていくと、いつのまにやら閑静な住宅街に入っていた。

辺りは丘陵地になっているのか、緩やかな上り坂の両側を、古い瓦屋根の二階建てが軒を連ねている。車道にはみ出すように軽自動車が乗り付けてあったり、子供用の自転車が重なるように止まっていたり、唐突に自動販売機が置いてあったりする中を、ナナミは自分のペースでゆっくりと歩いていく。近くに小学校でもあるのだろう。駅でも見かけたのと同じ年ごろの数人の子供たちが、サッカーボールを片手に、勢いよく走り抜けていった。

やがてナナミは、一軒の小さな二階屋の前で足を止めた。艶光りする格子戸に『夏木書店』の

木札を見つけたのだ。一週間前に訪れたばかりの場所だが、あの時は周りの景色はもとより、店の外観に目を配る余裕もなかった。こうして改めて見回してみると、日当たりの良い戸口にはプランターが並んで、真っ赤なポインセチアが風に揺れている。格別の飾り付けもない簡素な店構えは、書店というより骨董屋《こっとうや》の趣だが、あの青年の穏やかな印象と不思議と一致して、ナナミは驚かなかった。

格子戸をあけて覗き込むと、まるで予期していたかのように、穏やかな声が投げかけられた。

「遠いところお疲れ様、ナナミちゃん」

店内の細長い通路の中ほどにあるレジの置かれた机の後ろに、林太郎が立っていた。

「こんにちは」

緊張しつつ頭を下げたナナミは、改めて中を見回した。

店の間口はけして広くないが、奥行きはかなりある。その通路のような細長い店内の両側に重厚な書架が天井まで据え付けられ、ぎっしりと本で埋められている。中ほどにある机の裏側には、二階に上がる階段があり、林太郎はちょうどそこから下りてきたところのようだった。

「あれから体調は大丈夫だった？」

気遣いの声が温かく響いて、ナナミは慌てて答えた。

「快調です。心配おかけしてすみません」

「心配というなら、あんな手描きの地図でちゃんとたどり着けるかの方が心配だったけど、思った通り、ナナミちゃんはしっかり者だ」

「一応もう中学生です。その『ナナミちゃん』っていうのは、何だか落ち着きません」

思わず知らず遠慮のない言葉が漏れてしまうのも、林太郎の持つ柔らかな雰囲気のおかげだろう。林太郎は笑って頷きながら、そばにある椅子を勧めてくれた。

「じゃあまずは紅茶を一杯、ごちそうするよ、ナナミ」

まるで、いつも出入りしている常連客でも迎えるような自然な物腰である。この場所では、不思議な出来事や特別な出会いが、ごく自然なことのように思えてくる。

「そろそろ訪ねてくるかなって思っていたところなんだ」

沸き立ての湯をティーポットに注ぎながら林太郎が告げる。

「わかるんですか?」

「わかるってわけじゃないんだけど……」

林太郎は、ちょっと首をかしげて、

「なぜかな、そんな気がしていた」

本当に、不思議な人だとナナミは思う。

慌てたり、驚いたりする姿が想像しにくい。だいたいナナミは林太郎にとって相当に奇妙な客人のはずだ。なにせ、初めてこの店に来たときは、入り口からではなく、行き止まりの壁からやってきたのだから。もちろん奇妙と言えば、突然助けにきてくれた林太郎の存在も、ナナミにとっては奇妙だが、そういった事柄を性急に突き詰める空気はここにはない。林太郎は、どこまでも和やかに迎え入れてくれるのである。

林太郎が、手慣れた様子でティーカップを用意している間に、ナナミは視線を店内にめぐらせた。

トルストイ、ヘッセ、カフカ、ニーチェ、そんないかめしい名前が全集で並んでいる。ドストエフスキーはそこにあるだけで威圧的だが、川端康成や夏目漱石の名は、漢字であるだけでなにか親しみが漂っている。中にはナナミも読んだ本もあるが、こういう重厚な文学の世界は、まだ入り口に立ったばかりだ。

豪奢な布張りの『イリアス』や、唐草模様の意匠が美しい『カンタベリー物語』は、その装丁を見るだけで手に取りたくなる。チャペックの『ロボット』やマンの『魔の山』は、その題名に惹《ひ》かれて、いずれ読みたいと思っていた作品だ。

一冊一冊が大切に置かれていることがよくわかる。この前は、こうやって眺める余裕もなかったが、今は見ているだけで胸が高鳴ってくるようで、しばし陶然としてナナミは書架を振り仰いでいた。

「とてもきれいな本屋さんですね」

「面白い批評だね。古いとか、珍しいと言われることは多いけど、きれいと言われたのは初めてだ」

「とてもきれいだと思います」

「気になる本があれば持っていってもいいよ」

林太郎が、ティーポットを二つのカップに傾けると、かすかに甘みを含んだ爽やかな香りが流れてきた。

「でもここって図書館じゃないですよね？」

「いいさ。読み終わってまた戻してくれれば元通りだ。古本屋さんなんだから」

本屋らしからぬ台詞に、ナナミは思わず笑ってしまう。

「なんだか、なんでも知ってるみたいですね、林太郎さん」

「どうして？」

「だって、絶対変なことばっかり起こっているのに、何にも聞かず、全部わかっているみたいだから」

「そういうわけじゃない。ただ少し先輩なだけなんだよ」

先輩、というありふれた言葉以上のものを、林太郎はつけくわえようとはしなかった。

無闇と言葉を連ねれば、必ず相手に伝わるというものではない。むしろ急いだ分だけ、答えから遠ざかることもあるだろう。長い階段も、慌てて駆け上がれば、喘息発作で動けなくなってしまう。ゆっくりと一歩ずつ足を進めていけば、いつか必ず出口にたどり着くということを、ナナミは知っている。

「多分ね、ずっと待っていたんだ」

ふいに林太郎がそんな言葉を口にした。

手慣れた動作で、ナナミの前に紅茶を注いだティーカップを置いてから、林太郎は、自分のカップを持って、書架に背中をもたせかけた。

「冷たくて空虚なものが、少しずつ世の中に広がっているように感じるんだ。そう思う理由はうまく説明できないけど、気のせいではないと思う」

「冷たくて空虚なもの？」

「うまく言えないんだけど、そう表現するしかないものだよ。その空虚なものが、少しずつ人の心を壊し始めてる」

「それって灰色の男たち？」

ナナミは反射的に答えていた。

灰色の顔をしたスーツの男が脳裏に浮かんでいた。血の気のない顔に、冷然たる目を光らせたスーツ姿の将軍だ。そしてそれを取り巻くように立つ、同じ顔色の何人もの兵士たち。

林太郎は、少し口をつぐんでナナミを見返してから、おもむろに語を継いだ。

「きっと君には、僕よりはっきりとわかるものがあるね」

それからカップの中に視線を落とした。

「人は年を重ねた分だけ、視野が広がるとは限らない。大切なものは心で見なければいけないのに、心の目はあっという間に曇ってしまう。子供のころはあんなに大切にしていた本を、時とともに忘れてしまうように、気づかないうちに大事なことをどんどん失って、それだけ身軽になったつもりでいるんだよ」

「林太郎さんも、そうだと？」

「気をつけているつもりだけど、思い通りにはなかなかいかないものなんだ。とくにこんな仕事をしているとね。売れる本こそが名作だとか、稼いでこそ一人前だとか……。いつのまにか、とても奇妙な理屈に引きずられていく自分がいる」

穏やかな微笑に、大人びた苦みが加わった。なぜかその横顔に、一瞬、父の姿が重なって見えた。

「でも君が来てくれた」

林太郎が、カップからナナミへと視線を移した。

「私？」

「待っていたと言えば、ちょっと大げさになるかもしれない。けれど、君のような人が来るのを、確かに待っていたんだと思う」

林太郎はカップを机に置いてから、背後を振り返った。

「そうだろ？　相棒」

ナナミははっと息を呑んだ。

ついさっきまで木の板壁で行き止まりになっていた店の奥が淡く青い光に包まれていた。そしてその光を背に、あのふてぶてしい顔をしたトラネコが座っていた。

青白い光の中に座る猫は、まぎれもなく、一週間前に出会った猫だった。ぴんと立った二等辺三角形の耳も、翡翠の色の瞳も、水平にのびた銀色の髭も、皆記憶通りだ。

「また会えて光栄だ、ナナミ」

そんな低い声にも、ナナミは聞き覚えがあった。

思わず立ち上がろうとしたナナミを、猫はそっと首を振って制した。

「気遣いは無用だ。座っていなさい。もちろん全力疾走の時間でもない」

光の中から歩み出てきた猫を、ナナミは安堵《あんど》の笑みで迎えた。

「良かった。この間のことは全部夢で、もう会えないんじゃないかって思ってた」

「残念ながら夢ではない。そして、それは喜ばしいことではなく、残念なことだ」

猫は大きく息をついた。

「だがまずは詫びなければなるまい。危険な目に遭わせてしまった。すまなかった」

ナナミはすかさず首を左右に振った。

「私が連れていってってお願いしたことだよ」

「お願い」と言えば聞こえは良いが、首根っこを摑まえて「いつまでもぶらさげておくぞ」と脅したのである。恨み言を言われないだけ、ありがたい。

足下まで来た猫に、ナナミは身を乗り出して問うた。

「それより、私を待っていたってどういう意味？」

「結論を急ぐものではない」

猫は、翡翠の目を光らせる。

「確かにわしは強い心を持った者を待っていた。奪われた本を取り戻すためには、その力が必要だからだ。だがそれが君だとは言っていない」

「ひねくれたところは、あいかわらずだね」

口を挟んだのは林太郎だ。

たちまち猫の怜悧《れいり》な視線が動く。

「二代目、安易にこの少女を巻き込むものではない。今度の相手は、わしらとは異なる世界の住人だ。しかも、恐ろしく大きな力を持っている。何が起こるか予測もつかんのだぞ」

「だからと言って、このまま少しずつ本が消えていくのを見守っているつもりなのかい？」

鋭い指摘に、猫がいよいよ眼光を鋭くする。

「言っておくがな。この少女の心は確かに強い。だが強いだけでは危険だ。あの迷宮から力ずくで本を奪って逃げてくるなど、無謀と言うしかない」

「だけど、そうやって確かに一冊を取り戻してきた。これまでは、一冊も取り戻せなかったんじゃないのか？」

林太郎の言葉に、猫は口をつぐんだ。

「理屈では越えられないものがある。ナナミにはそれがわかるんじゃないかな。そういう手段が必要な相手だということが」

猫と青年が静かに向き合っていた。

猫は厳しい目を向けていたが、頑なな言葉を連ねなかった。対する青年は、遠慮のない論評を口にしながらも、まっすぐに猫を見返していた。

「僕が思うに、彼女はただ勇敢なだけではないと思うよ」

「そうだな。勇敢で、賢明で、胆力のある少女だ。十年前の、無気力で根暗の高校生に見せてやりたいくらいだ」

「その点については返す言葉もない」

苦笑まじりの林太郎の返事を、猫はふんと鼻で笑い飛ばした。

会話のすべてがナナミにわかるわけではない。けれども緊張をはらみながらも、どこかに温かな空気を漂わせた二人の会話は、揺るぎない互いの信頼感から生まれてくるようだ。そんな二人が、自分について真剣に話しているというのは、ナナミにとって妙にくすぐったくなる経験である。

ナナミはしばらく黙って様子をうかがっていたが、紅茶を一口飲み、温かなティーカップを両手で包んだまま猫に顔を向けた。

「でも、あなたはまた私に会いに来てくれた。私に何かできることがあるってことじゃない？」

「たいしたものだな、君は」

猫はなかば呆れ顔だ。

「あれだけ怖い目に遭ったというのに、自ら続編を期待するのかね？」

「一度読み始めた物語は、必ず最後まで読み通す性格なの。怖い物語も、難しい物語も、最後まで読んでみないと、何が書いてあるかはわからないじゃない。なにより、放っておけば、まだまだ本が持っていかれるんでしょ？」

「あの灰色の将軍はそのつもりだろう。必要なことなのだと、将軍自身が断言していたことだ」

「それだけじゃない。お城の中には、ほかにも沢山の本が残ったままよね？」

「君は、本気で残りの本も取り戻そうと考えているのだな」

「そのための心の準備はできてる」

ナナミは肩にかけていた大きな鞄を持ち上げた。中から取り出したのは一冊の本だ。古びたそれは、あの日なんとか取り返してきた『奇巌城』である。

猫はその古い本を見つめたまま、返事をしなかった。

再びティーカップを持ち上げた林太郎も、そのまま何も言わず見守っている。

なおひとしきり猫は沈黙していたが、やがて静かに口を開いた。

「なぜ君はそれほど勇敢なのかね？」

今度は、ナナミが考えこむ番だ。

「君はこのまま、夏木書店から気に入った本を借りて、好きに読みふけり、その他のことは皆忘れてしまうことができる。もちろん誰も責めることはないし、将軍閣下の不愉快な演説を聞くこともない」

「そして、マスケット銃を持った気色の悪い男たちに追いかけられることもない？」

「その通りだ」

「でも駄目。私は行かないといけない」

強い口調に、猫が目を細めた。

「なぜだね？」

「あんまりうまく言えない」

ナナミは苦笑した。

「うまく言えないけど、見て見ぬふりをしたら多分後悔するんじゃないかと思う。これまでも色々なことを諦めてきたから、一番大事なものだけは譲れない」

「一番大事なもの？」

ナナミは大きく頷いて、手元の『奇巌城』にそっと手を添えた。

ひとりぼっちの家で、何度も読み返したことのある本だ。手触りまで覚えている。ナナミにとってそれはただの紙の束ではなく、孤独な時間を支えてくれた大切な友人であった。

「言ったでしょ。私は大切な本を忘れない」

ふいに書店の奥の本の通路が、青白い光を強めた。店の中まで明るくなり、ナナミは思わず眩《まぶ》しさに目を細めた。

光を背にしている猫は、その輪郭だけが黒々と浮かび上がる。

「どうやら君の力を借りるべきなのだな」

猫の低い声が響いた。優しく揺らぐ光の中で、その美しい銀色の髭が宝石のようにきらめいた。

「一緒に来てくれるかね？」

「もちろん」

「相手は大きく、君は小さい。わしに言えることは同じだ。この先は危険だ」

「私の答えも同じ。大丈夫」

「いい言葉だ。根拠がないのが、玉に瑕《きず》だがね」

「それも大丈夫。『根拠はなくても、希望はよみがえる。希望とはそういうものだ』」

猫が翡翠の目を少しだけ大きくした。

ナナミの隣で、黙って見守っていた林太郎が楽しげに笑った。

『トム・ソーヤの冒険』か。いい台詞だ」

「たしかにいい台詞だ。だが無邪気な作品ではない。根底には哀《かな》しみが溢れている」

「でも」とナナミがすぐ応じる。

「哀しさと同じくらい、優しさも溢れてる」

「……なるほど。そうかもしれん」

猫は短く応じてから、今度は林太郎を顧みた。

「どうやら、ともに行けるわけではないようだな、二代目」

頷く林太郎に、ナナミの方が驚いた。

「一緒に行けない？」

「見てごらん、本の通路を」

林太郎が示した先を見て、ナナミも気がついた。

青白い光を放つ本の通路は、前に見たときよりずいぶん小さくなっていた。幅は人一人が通るのには問題ないが、高さはナナミの身長より少し高いくらいで、大人が立って通るのは難しい。

つまり林太郎の背丈よりずっと低い。

「本の力が弱まってきているんだ。強引に通れないことはないのかもしれないが、きっとそういうやり方は正しくないんだよ。腕力は何も解決しない。解決したように見せかけるだけだ」

書架から体を起こした林太郎は、座っていたナナミの前に膝をついた。少しだけ林太郎がナナミを見上げる形になる。

「心配はない。必要になれば、助けに行く道はまた自然に開かれる」

「この前みたいに？」

「そうだ」

きっとそうなのだとナナミも思う。

「忘れてはいけないよ、ナナミ。あの通路の向こうでは、真実と心の力が最も強い。君が喘息持ちだって関係ないし……」

林太郎はちらりと猫に一瞥を投げて、

「お供の猫が少しばかり不機嫌な顔をしていても関係ない」

ナナミは肩を揺らして笑った。

それから温かな紅茶を飲み干し、椅子から立ち上がると、猫に歩み寄る。青白い通路の前で振り返ると、ランプの柔らかな光の下で青年が見送っていた。

ナナミは大きく息を吸ってから、よく通る声を響かせた。

「行ってきます」

青白い光が、ふいに強くなって、ナナミと猫を包み込んだ。

ナナミは父と一緒に初めて図書館に行った日のことを、今もかすかに覚えている。まだ小学校に上がる前のことだ。父は、午後の早い時間には仕事を終えて保育園にナナミを迎えに来てくれていた。もともと本好きだった父は、毎日夕食のあとには絵本を読んで聞かせてくれたものだが、ある日、新しい本を探しに行こうと言って、保育園の帰りに連れていってくれたのが図書館であった。

町中に静かにうずくまるように立つその巨大な建物の、無骨な外観だけでもナナミは圧倒されたのだが、中に足を踏み入れて、声もなく目を見張った。

高い天井と広大なフロア、ずらりと立ち並ぶ書棚とそこを埋める数え切れないほどの本。そして独特の静寂と、ふっと鼻をつく古紙のにおい。

何もかもが初めてだった。

喘息のために、公園を駆け回ることさえできなかったナナミにとって、図書館はその大きさだけでも驚きだったが、目に見えるものより遥《はる》かに広大な世界が広がっていることを、ナナミはすぐに知ることになった。

『もこ　もこもこ』は何度も読み返して全部暗記してしまった。小さな野ネズミが活躍する絵本の『フレデリック』をとても気に入って、借りてきた本なのにベッドに持ち込んで寝た日もあった。寝る前には、詩人の野ネズミの少し照れたような笑顔を、飽きもせず繰り返し見返していたものだ。お月様までハシゴをかける話も、寒そうにプレゼントをくばるサンタの話も、『ねないこだれだ』の怖いフレーズも、みんなナナミは図書館で出会った。

「また図書館か?」

三日に一度は、図書館行きをねだるようになったナナミに、父は呆れ顔であった。しかし迎えに来た車の中で、呆れ顔をすぐ苦笑に変えて、図書館へとハンドルを切ってくれたのである。

図書館には、この小さな喘息持ちの客人を、しかつめらしい顔で迎える白髭の老人がいた。

「お前さんは、図書館の本を全部読んでしまうつもりかい?」

片端から絵本を読んでいくナナミに、司書の羽村老人はにこりともせずそんなことを言ったものだ。

ナナミは最初、老司書の姿から古城の地下牢《ちかろう》にいる悪い魔法使いを想像して父親の後ろに隠れてばかりいたのだが、やがて、この魔法使いの目元に優しい光が浮かんでいるということに気がついた。休日に、ナナミが父と窓辺の席で本を読んでいると、この白髭の魔法使いは、のそのそと近づいてきてほとんど無造作に新しい本を机の端に置いていくのだ。

『幸福な王子』や『オズの魔法使い』に出会ったのは、老司書が持ってきてくれた絵本が最初だった。ナナミの成長に合わせて、『チョコレート工場の秘密』や『冒険者たち　ガンバと十五ひきの仲間』を教えてくれた。『赤毛のアン』や『ホームズ全集』も持ってきてくれた。もちろん『ルパン全集』に出会ったのもこの時期だ。

小学校の六年生のときには、デュマの『ダルタニャン物語』を手に取っていた。十巻を超えるこの長大な作品に夢中になったナナミは、青地に白十字を描いた美しい銃士隊の旗や、アトスやアラミスの活躍を夢の中でまで見る始末だった。

そんなふうに図書館に行けば、ナナミの世界はいくらでも広がっていった。だが広くなっただけではない。本はナナミを、孤独や寂しさから掬い上げる力も持っていた。

ナナミは、体が丈夫ではなかったから、小学校に上がっても友人と遊びに出かけることができなかった。父もだんだん忙しくなり、一緒に図書館に行く機会も少なくなっていった。そんなナナミを待っていたのは、静まり返った家と長い孤独な時間だ。その静かで真っ暗な時間を、ナナミは黙々と乗り越えてきた。乗り越えられたのは、本のおかげであった。それが正しい乗り越え方なのかどうかはわからない。けれども確かに本は、ナナミとともにあり、たくさんのことを教えてくれた。

誇り高き三銃士からは、逆境に負けない勇気を。

アースシーの偉大な魔法使いからは、清廉と忍耐を。

エイハブ船長やフィリアス・フォッグ卿からは、不屈の精神を。

名探偵と大怪盗からは、思いやりとユーモアを。

そしてあらゆる書物から、鞄の中にいつも喘息薬と一緒に、必ず希望を入れておくということを。

だから、とナナミは胸の内で声を上げていた。

――今度は自分が本を助ける番だ。

それがナナミなりのささやかな決意であった。


青白い光が遠のいていった向こうには、石造りの城が屹立していた。

ナナミは額に手をかざして、城を眺めやった。

妙な違和感を覚えたのは、城の様子が、いくらか前とは変わって見えたからだ。

気のせいか城壁が少しだけ高くなっていた。はためく旗の数も増え、その下に並ぶ、灰色の顔をした兵士の数も多い。前に来たときは、城壁上には数人がまばらに直立しているだけであったが、今は数も増え、巡回らしき小隊の姿も見える。ものものしい景色の向こうには、複数の尖塔《せんとう》が佇立《ちょりつ》していた。

「また、力をつけたようだな」

猫が静かに告げた。

「またって……」

ナナミが額に手をかざしたまま言う。

「あのお城は、あなたが来るたびに大きくなっているってこと？」

「そうだ。以前はここまで顕著ではなかった。もっと緩徐でゆっくりとした変化だった。しかし最近では、目に見えて勢力を増している」

猫が苦い声でつぶやいている。

「で、どうするの？　私たち、この前追いかけまわされたばかりだけど、前より厳重になったお城に、どうやって入るつもり？」

「方法は二つだ。門から入るか、あの城壁を飛び越えるか」

「それって、何も考えてないってことを言い換えただけでしょ」

「厳しい状況だからこそ、ユーモアは大切だ」

厳然たる口調で告げると、猫はまっすぐに門に向かって歩き出した。

「奴は君に興味を持ち始めている。ここで発砲したりはしない」

「もし撃たれたら？」

「その時は……」

猫は歩きながら城壁を振り仰いだ。

「もう一度、君と全力疾走を試みよう」

猫の言うとおり、撃たれることはなかった。

吊り橋の両側に立っていた灰色の顔の兵士たちは、無表情のままで、前回と同じように敬礼をしただけであった。

「入れてくれるって」

「なによりだ」

たいして意味のない遣り取りとともに城門をくぐれば、中の様相もずいぶんと変わっていた。

以前は土埃の舞うむき出しの地面であった通路が、今は整然と石畳が敷かれ、その上を、灰色の兵士の一団が足早に通り過ぎていく。相変わらず、何の特徴もない同じような顔で、表情らしき表情も見えない。ただ、城の奥に向かう兵士たちが何も持っていないのに比して、奥から出てくる兵士たちは皆、腕に大きな木箱を抱えている。何かを城外へ運び出しているようだが、会話はなく、足音だけが忙《せわ》しなく往来する様は、不気味というしかない。

やがて見知った広場に出ると、あのたかだかと燃え上がる炎は消えており、かろうじて煤《すす》けた祭壇と、盛り上がった灰の山が痕跡を語るだけになっていた。

「本を燃やすのはやめたみたいね」

「朗報だな。まだあの蛮行を続けている者がいたら、後ろから炎の中に突き落としてやろうかと思っていたのだが」

「それもユーモア?」

猫は答えず、城内へと続く正面の階段に目を向けた。木箱を抱えた兵士たちはそこから出てきているのである。

ナナミと猫は顔を見合わせてから、広場を横切って階段を上り始めた。その間にも、奥から、箱を抱えた兵士たちが順々に出てくる。と同時に、城の奥から何やらくぐもった重い物音が聞こえてきた。

「前にはこんな音、聞こえなかったね」

「そうだな。何か大きな機械でも動いているような音だ」

ゆっくりと石段を上っていくごとに、鈍い音はだんだん明瞭に聞こえてくる。猫の言うとおり、まるで城の奥に大規模な機械工場でもあるような響きだ。階段を上りきって奥を見ると、赤い絨毯の先にある『将軍の間』の扉が、無防備に開け放たれているのが見えた。扉の前の兵士も見えない。

ナナミは、一度足を止め、乱れた呼吸をゆっくりと深呼吸で整えると、絨毯の上をまっすぐ歩いていった。そして『将軍の間』を覗き込んだところで思わずつぶやいていた。

「どういうこと？」

驚いたのも無理はない。広間の雰囲気が一変していたのだ。壁際にずらりと並んでいた物々しい兵士はひとりもいなくなり、がらんとして人影もない。きらびやかだったシャンデリアの蠟燭《ろうそく》も、半分以上が消えて、室内はひどく薄暗い。絨毯の両側に点々と並ぶ石台の上には、相変わらず本が置かれているが、あれほど将軍が執着していたにもかかわらず、いまや無用の長物とばかりに放置され、床に転がっているものまである。『宝島』も『エルマーの冒険』も、残りの『ルパン全集』でさえ、売れ残った古本のように投げ出されたままだ。

「妙だな」

猫がつぶやいたタイミングで、ふいに広間の奥から木箱を抱えた兵士が現れた。思わずナナミは身構えるが、兵士は何の関心も示さずそのまま目の前を通り過ぎていく。

広間の奥に視線をめぐらせて、ナナミは軽く眉を寄せた。

突き当たりの壇上の、かつては豪奢な肘掛け椅子が置かれていた場所に、以前はなかった扉が見えたのだ。扉の前には、衛兵がいる。

木箱を抱えた兵士たちはそこから出てきたようで、騒々しい機械音もその扉の向こうから聞こえてくるようだ。

「まだ奥があるようだな」

猫が探るように告げた。

「行くしかないね」

「せっかく本が置いてあるのだ。このまま回収して、さっさと逃げ出すという選択肢もある」

「本当にある？」

ナナミの意味ありげな笑みを含んだ問いに、猫は一瞬言葉に詰まってからため息をついた。

「まったくたいした度胸だ」

それだけ言って猫は歩き出した。

猫とナナミが進んでいくと、たちまち衛兵が抑揚のない声を響かせた。

「何者か？　この先は宰相閣下のお部屋である」

「その宰相に会いに来た」

悠然と猫が答えれば、兵士は踵を鳴らして姿勢を正した。

「宰相閣下に来客！」

たちまち人の気配もないのに、どこからともなく次々と復唱する声が響き、ゆっくりと扉が開いていった。

扉が開ききるより先に、ひどい騒音が飛び出してきて、ナナミはたじろいだ。音とともに流れ出してきたのは、鉄と油の臭いだ。やがて、眼前に見えてきた景色に、ナナミは目を丸くしていた。

一枚の扉の向こうに広がっていたのは、ほとんど無秩序に見えるほど折り重なるように配置された、無数の鋼鉄の機械であったのだ。

中央にはかろうじて赤い絨毯が敷かれているが、油と煤《すす》にまみれ、薄汚れたただの通路と化している。それを見下ろすように両側では、滑車が回転し、歯車がかみ合い、ピストンが上下するたびに蒸気が吹き上がっていた。

城というよりは工場であった。

その工場の中を、灰色の兵士たちが黙々と移動している。見れば、交錯する黒い鋼鉄の間を白い紙が次々と移動している。機械を抜けるたびに紙は少しずつ分厚い束となり、回転し、切断され、プレスされて、最後には、中程にあるベルトコンベアから本となって次々と吐き出されていた。灰色の兵士たちは、それを順々に木箱に詰めては、外へ運び出しているのだ。

黒ずんだ絨毯の先に、兵士たちを監督するように立っている華奢《きやしや》なスーツ姿が見えた。灰色のスーツに鳥打ち帽をかぶったその人影が、軽やかな動作で振り返った。

「あれ、お客様なんて珍しいね」

明るく笑ってそう告げたのは、温和な顔立ちの青年だった。灰色の顔に、灰色のスーツ姿は将軍と同じだが、血の気のない頬には、朗らかな笑みが浮かんでいる。

青年は、優雅に帽子をとって、深々と一礼した。

「『宰相の間』にようこそ」

邪気のない声には、ともすれば少年のような趣さえ漂っている。威厳に満ちた将軍とはすべてが対照的だ。

「将軍の次は、宰相か」

難しい顔でつぶやきつつ、猫もさすがに戸惑いを隠せない。

それを見つめる灰色の宰相は、あくまでにこやかである。

「本当にまた戻ってくるとは思わなかったよ。あんなに怖い思いをしたはずなのに物好きだね」

「私たちのことを知ってるの？」

ナナミの声に、相手はおかしそうに笑う。

「城内であれだけ大暴れをしたんだから、知らないはずがないさ。猫と少女の大冒険なんて、素敵な話だよ」

楽しげに話しながら、灰色の宰相はさらりと身を翻すと、煤だらけの通路を奥へと歩いていった。機械の群れのただ中に、場違いに艶光りする黒い革張りのソファが見えた。

宰相はゆったりとソファに腰を下ろし、細く長い脚を組んだ。

「で、この前の一巻だけでは不満だから、今日は残りの本も取り戻しに来たわけだ？」

「不満とかそういう問題じゃない。あれは元々図書館の本よ」

「そうだった。じゃあさっそく持っていってくれていいよ。全部『将軍の間』にそのまま置いてあっただろ。この広間には、君たちの求める本はないんだから」

「自由に持っていけと？」

猫が警戒心も露《あら》わに応じた。

「あれほど執着していたのに？」

「執着していたのは、将軍であって僕じゃない。そして僕はもう、いらないと判断したんだ。そんなことより、君たちがここに来ることの方が問題だ。君たちが来ると、兵士たちがとても動揺する。彼らが言うことを聞かなくなるのは、僕も困るんだよ」

宰相はため息混じりに肩をすくめつつ、ぱたぱたと右手を振る。

「ああ、心配はいらない。僕は、これ以上新たに本を集めに行くつもりもない。広場を見ただろ。本を焼くこともやめたんだ。将軍のやり方は、あまりに時間も労力もかかりすぎる。僕はやり方を完全に変えたんだよ」

まるで宰相の説明に相槌《あいづち》を打つように、すぐ横で派手に蒸気が吹き上がった。

話の急展開に、猫もナナミもついていけないでいる。しかも、宰相の気さくな声を聞いていると、まるで何もかも解決してしまったかのようにさえ思えてくる。

ナナミは慎重に口を開いた。

「やり方を変えたってどういう意味？」

「僕らの目的は、人間たちが危険な本に近づかないようにすることだ。そのためにはどうすればいいのか。将軍は、危険な本を探し世界中を歩き回り、ひとつひとつ集めようとしていたけれど、そんなの全然現実的じゃない。そんなことより、僕らが膨大な『新しい本』を生み出した方が、はるかに効果的じゃないかと考えたわけだ。そうすれば、人々は『新しい本』を読むことに追われて、力のある本に触れる時間もなくなる。結果的に僕らの目的は達成されることになる」

宰相が、ほっそりとした右腕を持ち上げて、傍らの機械を示した。

「ここはその『新しい本』の製本工場だよ」

再び宰相に相槌を打つように、歯車が回り、ベルトが震え、ピストンが奇声を発した。

頭が痛くなるような音とともに、広間の中央に一層大量の本が吐き出され、ベルトコンベアから溢れた本が勢いよく通路に散らばった。灰色の兵士たちが黙々とそれを掻き集め、箱に詰めては運び出していく。

足下まで転がってきた本を拾ったナナミは、それを開いて眉を寄せた。

「真っ白？」

文字通り本の中身は真っ白だったのだ。何も書いていない白い紙の束に過ぎない。

「これが『新しい本』？」

「そうさ」

「何も書いていないけど……」

「書いていない？　そりゃそうだ。中身なんて何でもいいんだから」

ナナミは面食らって、声も出ない。

「ここで重要なのは、質ではなく量だよ。人々の世界を膨大な新しい本で囲ってしまうということ。そうすれば、人はわざわざ古くて危険な本になど目を向けなくなる。『木を隠すなら森の中』って言うだろ。本を隠すなら本の中が一番だ」

ナナミは相手が冗談を言っているのかと思ったが、灰色の宰相は最高のアイデアを披露する少年のように楽しげだ。

「ああ、大丈夫。本の中身なら、今の人間たちがやっていることを模倣すればいいだけなんだ。わかりやすくて、刺激的で、過激な情報を繰り返して羅列するだけで、ほとんどの読者は夢中になってくれる。人間たちはただ、目の前の刺激を追いかけていればいい。その結果、人はみんな危険な本には近づかなくなる。君が『ルパン全集』を持ち帰ったところで、わざわざ手に取る者もいないってわけ」

愉快そうな笑い声が、広間に響いた。

途中からは、おかしくてたまらないというように、額に手を当てて懸命に笑いを押し殺している。

その間にも、新しい白紙の本が機械から次々と吐き出されている。時には運び出す兵士たちより吐き出される本の方が速くなるから、床に撒き散らされたままの本もある。

ナナミはしばし、手元の『新しい本』を見つめていた。

いったい何が起こっているのか、ナナミにははっきりとはわからない。けれども、楽しげな宰相の態度には、何かかすかに不自然なものがにじんでいた。その正体を掬い上げるようにナナミは口を開いた。

「あなたは、なぜそんなに本を恐れているの？」

ふいの言葉に、宰相が笑顔のまま、動きを止めた。

「恐れる？」

「あなたは人のために本が危険だと言っていた。でも本当は、あなたが本を恐れているように見える」

宰相の表情は変わらなかった。

相変わらず笑顔のままだ。

「僕は何も恐れていないよ。人々にとって有害なものを取り除こうとしているだけ」

「本が有害だなんて聞いたこともない」

ナナミは冷静に遮った。

「昔、父さんが言ってた。本の中には無限に広い世界があるんだって。どこにも出かけられない体でも、本はいろんなところに連れていってくれる。そして忘れられかけた古い知恵や大切な事柄に出会うこともある」

日の当たる窓際の席に座って、父は穏やかにそんな話をしてくれた。

今となっては、懐かしい思い出だ。

「知識や知恵だけじゃない。たくさんの物語に触れれば、いろんな人の気持ちがわかるようになるって、父さんは話してた。そういう力を想像力って言って、とても大事な……」

「想像力だって⁉」

ふいに宰相の甲高い声がさえぎった。

ナナミも猫も同時に身を固くした。

宰相は、思わぬ訃報でも聞かされたかのように、目を丸くして身を乗り出していた。

「なんてことだ！　それこそ、実に害悪の最たるものだよ」

「想像力が害悪？」

「そうさ。君は何もわかっていないんだね。想像力とは何か、本当に考えたことがあるのかい？」

口調はできの悪い生徒を責め立てる教師のようになっていた。しかも生徒の返答など期待していない、性急な教師だ。

「想像力とは他者を思う力だ。自分とは異なる者の立場を想像し、弱者をいたわり、時には手を差し伸べる心の在り方。それこそが『想像力』だよ」

「それの何が危険なの？」

呆気に取られているナナミに対して、宰相はむしろ憐《あわ》れむような目を向けた。

「可哀想《かわいそう》に、君は本当に本の危険な力にとらわれてしまっているんだね」

非行に走った生徒を宥《なだ》めるような調子で、宰相は語を継いだ。

「世界は今や、弱肉強食なんだよ。力のある者が、弱い者を蹴落とし、無能な者を踏み台にしていく。勝者だけが全てを手に入れることができる時代なんだ。他者をいたわっていては、たちまち誰かに付け入る隙を与えてしまうだろう。つまり想像力は、君の持つ豊かな可能性を破壊してしまう恐ろしい力なんだよ、ナナミ」

ふいに名前を呼ばれて、ナナミはひやりと首をすくめた。

「どうして私の名前を？」

「もちろん知ってるさ、将軍は言わなかったかい？　僕らは『ともに歩む者』だと」

宰相の頬には相変わらず笑みが浮かんでいた。

けれどもナナミは気づいていた。その笑みには何の温かみも感じられないのだ。将軍の堂々たる演説が、ひどく空虚に感じたのと同じだった。

人間は、こんな風に人と会話ができるものだろうか。

ナナミの背中を冷たいものが流れていった。

「僕は人とともに長い時間を歩んできた。勝者も敗者も数え切れないほど見てきた。そして気がついたんだ。共感や同情がいかに人間を非力な存在にしてしまうかにね。世の成功者たちを見ればわかるだろう。想像力をかけらでも持ち合わせている者がひとりでもいるだろうか。彼らにあるのは、他者を容赦なく薙《な》ぎ倒す決断力だけだ。彼らこそ本の力から解放された、もっとも自由な者たちだ」

宰相は、ソファの片側に肘をついたまま、ゆらりと身を乗り出した。

「これからの人間に必要なのは、想像する力じゃない。想像しない力だよ」

大声ではなかったが、不気味な圧力のある声であった。

にわかに賛同するかのように、機械の動きが速まり、狂ったように『新しい本』が吐き出され、祝福の紙吹雪のように白い紙が宙を舞った。

「気をつけろ、ナナミ」

鋭く告げたのは、足下の猫だ。

「外見にだまされるな。奴の言葉は恐ろしく強い」

「そうみたい」

ナナミは乾いた唇をそっと舐《な》めた。

「でも間違ったことを言ってる」

「すべてが間違っているわけではない。おそらく強力な真実を含んでいるのだ」

「それでも、おかしいと思う。まるで世界中の人たちがみんな争っているみたい。そうでない人だって沢山いるのに……」

そんなナナミの声を押しつぶすように、機械が耳障りな音を響かせた。頭の中まで震わせるような不快な音に、耳をふさぎたくなるくらいだ。

「君は、まだまだ知らないことが多すぎる」

宰相がまたソファに身を預けながら、大げさにため息をついた。

「今の競争社会のもっとも恐るべき点は、手段を選ばない熾烈《しれつ》な戦いが繰り広げられているという点じゃない。競争に参加することを拒んだ者たちまで、無条件で敗者にしてしまう凄《すさ》まじい『強制力を持っている』という点だよ」

「強制力?」

「戦わないという選択は、競争社会の外に出ることを意味しない。今や世界には、外側なんてものは存在しない。戦わなければ無条件で、敗者の烙印《らくいん》を押されるだけだ。言い換えれば、競争しないという選択肢を勝ち取るために、血みどろの競争をやらなければならない。ひどい矛盾だ。そんな世界において、想像力がどれほど危険なものか、少しはわかるだろう」

灰色の宰相は、ふいに歩み寄るような柔和な微笑を浮かべた。

「あまり壮大な話になってもいけないね。もっと身近なことだと考えていいんだよ。君も本当は気づいているんじゃないか？　想像力は、君から戦う力を奪ってしまうだけなのだと。君だって人に配慮ばかりして生きてきて、ずいぶん我慢をしてきたはずだ。それで君は本当に幸せなのかい？」

いつのまにか宰相の口調はささやくような調子を帯びていた。

「我慢？　私が……？」

聞き慣れぬ言葉が、にわかに嫌な感覚をナナミの中に引き起こした。

「そうさ。周りに気を遣って、迷惑をかけぬようにと息をひそめて、ひどく窮屈な思いをしているんだろう？　でもそうやって我慢している間に、君の人生はどんどん社会の底辺に追いやられていく。君が誰かを思いやったところで、誰かが君を助けてくれるわけじゃない。そんな不自由な生き方はやめて、もっと自由に生きていいんじゃないかね。もっと自由に、もっと自分らしく生きればいい」

「もっと自由に、もっと自分らしく……」

引き寄せられるように、ナナミは宰相の言葉を繰り返していた。

そうするうちに、胸の中で黒々としたものが、ゆらりと頭をもたげる感覚があった。黒いものは、ゆっくりと膨れ上がり、ナナミを包み込み始めた。驚いて両手でそれを振り払おうとしたが、何の手ごたえもないまま、闇だけが広がり、一瞬猫の姿とかすかな声が届いたものの、それもたちまち暗闇の向こうに消えた。

気がつけば、真っ暗な地平にナナミはひとりで立っていた。

『仕方がないじゃないか！』

突然遠くから、叱声《しっせい》が降ってきた。

聞き覚えのあるそれは、父の声だ。

『父さんだって忙しいんだ。いつまでも一緒に図書館に行ってる暇なんてないんだぞ』

いつのまにか闇の中に、険しい顔の父が立っている。

『安心して食べていくためには、父さんも一生懸命働かないといけない。お前のわがままに全部付き合っていたら、生活だって成り立たなくなるんだ』

茫然とナナミが立ち尽くしている間にも、遠くにふいに白衣の医者が現れて、父に近づいてきた。

『あんまり気軽に救急車を呼ばれても困るんですよ』

いつか、夜中の救急外来で見た景色だった。

医師は冷ややかな一瞥をナナミに投げかけてから、

『お父さんが心配なのはわかりますが、もうちょっと体調管理を自分でできるようになってもらわないと……。救急車はタクシーじゃないんですから』

話している間にも、医師の顔の輪郭があやふやになり、今度は神経質な小学校の先生に変わっていた。

『みんなを困らせたくはないでしょう、ナナミさん。遠足はやめた方がいいと思いますよ』

硬い笑みを浮かべたまま、噛《か》んで含めるような、それでいて妙に高圧的な口調で先生が続ける。

『もちろんナナミさんの気持ちもわかりますけどね。でも、遠足の途中で万が一あなたの具合が悪くなったら、みんなに迷惑がかかるんです。無理に参加する必要はないと思いますよ』

遠足だけが駄目なのではない。

運動会も駄目、プールも駄目。みんなのために駄目。みんなのために……。

――なぜ自分だけ？

突然そんな言葉が、背後から降ってきた。

ナナミは振り返ったが、そこには何も見えない。

――どうして自分だけ諦めなきゃいけない？

誰が言った言葉でもなかった。ナナミ自身の声であった。そんな風に考えたことなんてない、と答えようとして、すぐにナナミ自身の声が被《かぶ》さってきた。

――他人のことなんて忘れて、もっと自由にやればいいじゃない。

――我慢をしても、誰かの踏み台になるだけだよ。

声もなくナナミは佇《たたず》んでいた。

深い深い暗闇の中で、明かりのひとつもない中で、ナナミは落ちてくる言葉のひとつひとつを、身じろぎもせず見つめていた。

『辛い思いをしてきたんだね、ナナミ』

聞こえてきたのは、宰相の甘いささやきだ。

『だが、もういいんだ。人のことなんて考えていたら、君の人生が壊れてしまう。もっと自由に生きていい。もっと自分らしく生きていいんだよ』

心地よい言葉だった。

もっと自由に、もっと自分らしく……。

ふわりと体が浮き上がるような感覚の中で、呼吸を整えようと息を吸うと、胸の奥でかすかな異音が響いた。笛の音のような甲高いかすかな音。

それが良くない兆候だとわかっていても何もできなかった。このままでは危険だという警告と、このままで良いのだという甘いまどろみが錯綜《さくそう》した。

その均衡は、しかしふいに手元に生まれた温かなぬくもりによって崩された。指の先に生まれた温かなものが、染みこむように腕に広がり、胸の内の暗闇を押し返していく。

指先に目を移せば、そこに光があった。そのささやかな光の向こうから、突然猫の鋭い声が届いた。

「ナナミ！」

はっと我に返ったナナミは、急に体の力が抜けて、どっとその場に膝をついていた。

「ナナミ、大丈夫か？」

目の前に猫の真剣な顔があった。ひどく息が荒くなり、胸の奥でひゅーひゅーと嫌な音が鳴っている。

「呼んでくれたんだ……ありがとう」

「礼はいい。薬を使いたまえ」

言われるままにナナミはポケットから吸入薬を取り出して、ゆっくりと吸い込んだ。

傍らでは、相変わらず歯車が騒々しく回転し、あちこちからけたたましく蒸気が上がっている。視界の片隅で、ときどき『新しい本』が宙を舞い、音を立てて床に散らばっている。

ついさっきまで静まりかえった闇の中に立っていたのが、嘘のようだ。

「ひどい顔色だ、ナナミ」

「大丈夫……だと思う」

「説得力がないな。君の顔は、宰相と同じくらいに土気色だ」

「きつい台詞ね。自分があんな不気味な顔してるなんて言われたら、結構傷つくよ。確かに、こんなに気分が悪いことなんて、滅多《めった》にないけど……」

ナナミは胸に手を当て、ゆっくりと呼吸を繰り返しながら答えた。

「なんか……気が遠くなってた……」

「そのようだな。わずかな時間だったが」

ナナミは膝をついたまま、そっと正面のソファに目を向けた。

宰相は、先ほどと同じく脚を組んだまま、動いていなかった。

だが、様子が少しだけ変わっていた。朗らかな笑みが消え、無感動な目が見下ろしていた。

「驚いたね、戻ってくるとは思わなかった。ほとんどの人間は、僕の声に従うものなのに」

「宰相の言っていることは事実だ」

猫がナナミの前で身震いするように体をふるわせた。

「『もっと自由に、もっと自分らしく』。美しい響きだが、それだけに恐ろしい言葉だ」

見れば猫の顔も、疲労と緊張でこわばっている。

「ずっと、声をかけていてくれたのね」

ナナミは、震える左手で、そっと猫の頭を撫でた。

悪夢を見たのは、わずかな時間だったはずなのに、額には小さな汗がいくつも浮かび、黒髪が張り付いていた。それをぬぐいもせず、ナナミは右手で自分の鞄を引き寄せた。

「本が守ってくれた」

「本？」

鞄のふちを持ち上げると、『奇巌城』がやわらかな光を発していた。凍えるような闇の中で、確かなぬくもりを与えてくれたのが、この本だった。

「君は本当に強いな……」

「私じゃない。本だよ」

「いいや、君が強いんだ」

語調は乱暴だが、その声には確かな体温があった。そのぬくもりが冷え切ったナナミの胸を温かく包んでいた。

「これ以上、ここにいるべきではない。我々はあまりに非力だ」

「大丈夫」

「ナナミ……」

「大丈夫だよ、ただちょっとびっくりしただけ」

「びっくりした？」

怪訝な顔の猫に、ナナミは苦笑した。苦笑とともに、目尻に淡い涙が浮かんでいることに気がついた。

「私って、気づかないうちに、結構いろんなことを我慢してたみたい。自分なりに乗り越えてきたつもりだったのに……ちょっとだけ負けた気分」

ナナミはそっと涙をぬぐい、大きく息をついて上体を起こした。

とても嫌なものを見た。それは確かだった。しかし同時に、聞こえた自分の声は、自分のものではなかった。そうと気づく力を強さというのであれば、猫の言葉は間違っていないのかもしれない。

「自分の好きなようにふるまったっていいことなんてない。乱暴なことをすれば全部自分に返ってくるだけ。それくらいはわかってる」

「そう思える人間はけして多くない。誰もが平然と嘘をつき、詐欺をやり、他者を傷つけて踏み台にする。そうしなければ生きていけぬほど、世界が歪《ゆが》み始めているのかもしれん」

「だから、多くの人があいつの言葉に従うようになるんだね」

ナナミは床に手をつきながら、そっと立ち上がった。手に油や煤がつくのも気にならなかった。

宰相は今や何の表情もなく、押し黙ってナナミを見つめていた。

「自分らしくっていうのは悪くない響き。でも誰かを蹴落として自分らしくなれると思っているなら、絶対に間違ってる」

宰相の目を、ナナミがまっすぐに見つめ返したときには、巨大な製本機械の動きが、奇妙に鈍くなっていた。ピストンがいびつに震え、蒸気が弱まり、なめらかに回っていた歯車が軋《きし》んでいる。動き回っていた兵士たちさえも立ち止まっていた。

宰相が表情を消したまま問い返した。

「その確信はどこから来るんだい？」

「そんなのわからない。でも私は知ってる。どんなに望むことをしたいと思っても、誰かの手を借りないとできないことが、私には沢山あるから」

「それはご苦労なことだ。だけど多くの人はそうではない。残念だが、君はそういう人々の踏み台になる運命だ」

「そうはならない」

静かな声だった。

けれども宰相が、眉をかすかにゆがめた。

「困ったときは、いろんな人が助けてくれるから。外来の先生はいつ行っても、心配ないって励ましてくれるし、電車に乗るときには、イツカが付き合ってくれる。そして、こんな危ないお城に来るときにも素敵な猫がお供をしてくれる」

足下で猫が身じろぎしたが、ナナミは目をそらさない。

「昔、父さんが私に言ってくれた。お前は一人で生きているわけじゃない。だから困ったときは、いろんな人の力を借りればいい。そして、借りた分は、いつかどこかでまた返せばいいって」

思うように体を動かせないナナミを、きっと父は励ましてくれたのだろう。

借りた分を本当に返せるようになるのかは、ナナミにもわからない。それでもナナミは、長い階段を上る大変さを知っているから、誰かを蹴落とすくらいなら、手を差し伸べて一緒に上る人でありたいと思うのだ。

いつのまにか、宰相は苦しげに顔をゆがめていた。朗らかに見えた男の、そういう反応は、ナナミも予想していなかった。

「実に苛立たしい」

宰相が奥歯を噛み締めるような顔でつぶやいた。

「僕は君たちのことを案じて、導こうとしているんだよ。なぜわからない」

「あなたこそ、なぜそんなに本を恐れているの？」

「恐れる、か……」

苦々しい声が漏れた。

意外だった。宰相が、ナナミの言葉を否定しなかったからだ。灰色の頬は硬く引きつり、ひどい頭痛でもするように、宰相は細い手で自分の頭をつかんだ。

「心ある人々は、皆萎《たお》れていった。僕はそれをこの目で見てきた。いつも生き残るのは、心を持たない人々だけだ。人の心は、いまや本の中だけに残る古い伝承に過ぎない。いや、本の中でさえ姿を消しつつある。それでいい。そうして人は強くなっていくのだから」

宰相は右手で自分の髪をつかんだまま、不快げに頭を振った。

「わかりきったことなのに、実に不愉快だな。ああ、気分が悪い」

宰相は、左手で頭髪を乱暴に掻き回しながら、右手の指をぱちりと鳴らした。たちまち、『宰相の間』の扉が開き、広間のあちこちで人形のように棒立ちになっていた兵士たちが、ばたばたと移動して赤い絨毯の両側に整列した。

「出ていってくれ。君は、僕を不快にさせる」

驚くナナミに、宰相がなお畳みかける。

「何度も言わせるな。僕が我を忘れるまえに、出ていった方が身のためだ。これ以上怒らせれば、帰り道など消し飛んでしまうぞ」

宰相が顔を掌《てのひら》でおおったまま、指の隙間から爛々《らんらん》と輝く目を向けた。

先ほどまでとは、何かが違っていた。

確かに、宰相の背後で何かがおもむろに動く気配がした。『将軍の間』でも一瞬感じた、あのどす黒い何かだ。ナナミは、声も出ず、身動きさえできずに、頭を抱えた宰相の背後に沸き立つその黒々としたものに目を奪われていた。

「まずいな。行くぞ、ナナミ」

猫の鋭い声で、ナナミは我に返った。しかしソファから目を離せない。宰相はそこで、のたうつように身もだえしている。

「何が起こっているの？」

「あの男の中に何かがいる。いやあれこそが本体なのかもしれん。いずれにしても、迷っている場合ではない」

「でも、あの人、苦しそうにしてるよ。放っておくの？」

「驚いた……」

宰相の震える声が響いた。

「君はこの状況で、僕を心配しているのか？」

宰相は片頬で醜く歯を食いしばっていた。

ナナミがはっとして息を呑んだのは、もう片頬に、異様な薄ら笑いが浮かんでいたからだ。宰相の笑みとは明らかに質の異なる、凍りつくような微笑だった。

「面白い……実に興味深い娘だ……」

声の調子も、先ほどまでとは違っていた。

「あなたは……誰……？」

「いい質問だ」

氷の微笑が答えた。青年の声ではなく、厚みのある大人びた声だった。

「私は『作られし者』。君たち人の手によって『作られし者』だ……。珍しいな、まだこんな心を持ったヒトがいるのか……」

そんな言葉の間にも、開いたばかりの『宰相の間』の扉がゆっくりと閉まり始めた。

「行かせるべきか、とらえるべきか……実に悩ましい……」

歌でも歌っているかのようだ。

猫は鋭くナナミに声をかけると、ひらりと身を翻して、出口へ駆け出した。ナナミもすぐに後を追いかけた。『宰相の間』を飛び出した先が『将軍の間』だ。人気《ひとけ》のないその広間で、ナナミはほとんど本能的に手近の石台に駆け寄り、『ルパン全集』をまとめて肩掛け鞄に投げ込んだ。投げ込みながら、背後を振り返れば、閉まっていく扉の向こうで、ソファにうずくまる灰色の青年が見えた。その頭上に何か得体の知れない気配が広がっていくのを感じたが、ナナミはもう何も考えずに駆け出していた。


青白い通路を、ナナミと猫は静かに歩いていた。

言葉が出なかったのは、無事に戻ってきた安心感よりも、目にした景色の異様さが心に重くのしかかっていたからだ。

「もう少しだ。歩けるかね?」

ふいに問うた猫に、ナナミは黙って頷いた。肩には大きく膨らんだ鞄がある。

「本が重いか？」

「こっちは大丈夫。結構な数の本を鞄に入れたのに、全然重くない」

肩から斜め掛けにした鞄には、『奇巌城』を含めると十冊もの本を詰め込んでいるのだが、ほとんど重さを感じない。

「ここでは、腕力は強さを意味しない。力はすべて心の中から生まれる」

「あの人も、とても強い心を持ってた」

「宰相のことか？」

「それなのに苦しんでいた。迷っているように見えた……」

「迷う？」

「よくわからないけど、昔大切な本で読んだことがある。『帰り道がわからなくなると、誰でも遅かれ早かれ帝王になりたがる』。将軍とか宰相とか、みんな帰り道がわからなくなっているのかもしれない」

ナナミのつぶやきに、猫は答えなかった。

しばらく歩くうちに、猫の方がいつもの淡々とした口調で告げた。

「いずれにしても、君は帰ってきた。正直なところ、帰ってこられないかと思った瞬間もあった。だが、君は最後まで対話を続け、帰りの扉をあの男に開かせた。そのことには大きな意味がある」

「褒めてくれるんだ？」

ナナミは少しくたびれた笑いで応じた。

「でも、そんなに立派なものじゃないよ。あの人の言っていたことの半分も私には理解できなかった」

「それでいい」

歩調をゆるめず、猫は応じる。

「言葉を用いればすべてが伝わるというものではない。突き詰めれば、対話で伝えられるのは、言葉の意味ではなく、伝えようとする意志なのだと言ってもいい。心が伝われば、意味内容はあとからついてくる。そんな当たり前のことが、しかし今の世界では転倒してしまっている。心の伴わない冷たい言葉のレンガを隙間なく組み上げて、それを論理的だと称し、論理的でさえあれば伝わると思っている。冷え切った論理など、一杯の温かな紅茶にも及ばない」

「不思議な感じ」

ナナミは、前を歩く猫の背中を今さらながらまじまじと見つめた。

「すごく難しいことを言っているのに、ちゃんと伝わってくる気がする」

「君に伝えたいと、真剣にわしが思っているからだ。忘れてはいけない。言葉は望遠鏡のようなものだ。見たいものはよく見えるようになるが、それ以外はかえって見えなくなる。その意味では、灰色の宰相は、巧妙な言葉を用いて、君の関心を引きながら、不都合なものは見えなくしていたのかもしれない。だが君は、レンズの外にある世界を忘れていなかった」

「さっきも言ったけど、そんなに立派なものじゃないよ。私っていろんな人に迷惑をかけて生きてきたから、あの人の言うことに、どうしても納得できなかっただけ。ちょっとひねくれているのかもね」

話しているうちに、通路を包む青白い光がゆっくりと強くなり始めていた。

あれほど怖い目に遭ったのに、恐怖心はずいぶん和らいでいる。猫の泰然たる声には、そういう効果があるのかもしれない。

ナナミは眩しさに目を細めつつ続けた。

「これでまた、お別れだね」

「そうだな」

「次は、いつの予定?」

その問いに、猫は一瞬、戸惑いを見せたが、口調だけは変わらず淡々と続けた。

「妙な質問だな。君の大切な『ルパン全集』は取り返した。しかも宰相は、これ以上本を持ち去るつもりはないと言っていた。次が必要かね?」

「さすがに私だってわかるよ。何も終わってないってことくらい」

猫が足を止めた。

振り返りはしなかった。

「そうだな……」

確実に強まっていく光の中で、猫はゆっくりと振り返った。

「君がいてくれれば、あるいは何とかなるかもしれん」

翡翠の目が怜悧な光を放っていた。

「何とか？」

「確かに何も終わっていないのだ。灰色の男を止めなければならん」

最後の方は、声まで光にかき消されるように遠ざかっていった。

気がつけば、ナナミは艶光りのする木の通路に立っていた。両側には木製の古い書棚が連なり、頭上には鉄のランプが下がっている。

通路の先の椅子で、林太郎が静かに待っていた。


父がこれほど怖い顔で怒るのを、ナナミは初めて見た。

父の誠一郎《せいいちろう》は、娘のナナミから見ても、厳しいところはあるが、短気な人物ではない。基本的には冷静で、忍耐強い。だからこそ働きすぎるのだろうと、娘なりに分析していたりするくらいである。

その誠一郎が、ひどく怒っていた。

帰った時間が遅かったわけではない。

ナナミが帰宅したのは、昼過ぎである。

だが、誠一郎にとって帰宅時間は問題ではなかった。先日、遅い時間にナナミが帰ってきたことで、父は意外に神経をとがらせていたのかもしれない。家と学校と図書館を行き来しているだけだと思っていた娘が、実は知らないところで、こっそり遊び歩いているかもしれないと父が考えたとしても、やむを得ないであろう。

いずれにしても、朝早く出かけていったナナミが、なかなか戻ってこないことを心配した父が、イツカの家に電話してしまったのだ。そして、一緒に出かけたはずのイツカが弓道部の大会に出ているということが、伝わってしまったのである。

どこに行っていたのか。

友達と一緒だというのは嘘だったのか。

最近、隠れてこそこそしている様子なのはどういうことなのか。

誠一郎は眉間に深い皺を刻んで言葉を重ねた。ナナミはその日、夏木書店から一人で電車で戻ってきたのだが、そんなチャレンジさえ父の怒りを倍増させるだけであった。

「いい加減にしなさい、ナナミ。お前は丈夫な体じゃないんだ」

さして広くもないキッチンに、差し向かいに座った誠一郎の苛立った声が響いた。

「図書館に行くのはかまわない。友達とちょっと遊びに行くのもいい。しかし、親に嘘をついて、ひとりで電車で遠くまで出かけるなんて、絶対に駄目だ」

「ごめんなさい」

ナナミはただ素直に謝るしかない。

「父さんもとても忙しいんだ。これ以上心配かけないでくれ」

「気をつける……」

キッチンテーブルを見つめたまま答えたナナミは、声を小さくして続けた。

「でも、もう少し仕事減ったりしないの?」

「なんだって?」

呆れ声が返ってきた。しかも、思いのほか冷ややかな目に出会って、ナナミはどきりとした。

「世の中はな、お前が思うよりずっと大変なんだ。真面目に働いていても、生活は楽にならない。お金がなければ、お前を進学させるのも難しくなる。油断していれば、あっというまに社会の底辺に蹴落とされてしまうような厳しい時代なんだぞ」

なにか妙な違和感がナナミの中で動いていた。

そんな娘に気づいた様子もなく、誠一郎は続ける。

「お前ももう中学二年生だ。いつまでも図書館に行って本ばかり読んでいる時期じゃない。もっと将来を見据えなさい。社会に出れば、ひとりで必死で生き残っていかないといけない。誰も助けてはくれないんだぞ」

あれほど本が好きだった父が、こういう言葉を口にするのは意外だった。そう思ったとたん、ふいに違和感の正体にナナミは気がついた。

父の声が、ところどころ、灰色の将軍や灰色の宰相の声に似ている気がしたのだ。全然違うはずなのに、父が口にするフレーズの向こうに、灰色の男の声が重なって聞こえてくる。

――『蹴落とされてしまう』『生き残っていかないと』『誰も助けてはくれない』。

やっぱり疲れているのだと思いながら、ちょっと顔をあげて、ナナミはぞっとした。父の顔が灰色に見えたのだ。そんなはずはないのに、血の気の失《う》せた灰色の顔がそこに見えたのだ。

ナナミの胸で、ひゅっと乾いた音が鳴った。

息がうまく吸えなかった。

「どうした?　ナナミ」

誠一郎が心配そうな顔を向けていた。

その顔を正面から見返すことができなかった。

「もしかして喘息発作か?　早く吸入薬を使いなさい」

促されるままにナナミはポケットから薬瓶を取り出して、たどたどしく吸い込んだ。

「やっぱり無理をしたのが負担になったんだな。いったい、どこで何をしてきたんだ」

父の声を遠くで聞きながら、ナナミは、そっと首筋に手を当てた。ひどい冷や汗をかいていた。

少し視線を動かすと、キッチンの暗がりに、灰色のスーツが見えた気がした。

『ともに歩む者』

『作られし者』

意味はわからない。

けれども、あれは遠い別世界の話ではないのではないか。

灰色の男は、すぐそばにいるのではないか。

そう考えたとき、何かに吸い取られるように、全身から一気に力が抜けていく心地がした。気が遠くなって、ナナミはテーブルの上に突っ伏していた。

第三章　増殖する者

熱を出して寝込むのは、久しぶりだった。

ナナミは、部屋のベッドで横になったまま、見飽きるくらいに天井を見つめていた。夏木書店から電車で帰ってきた、あの日の午後からだ。

緊張に満ちた旅から戻り、ようやく家に帰ってきて、どっと疲れが出たのかもしれない。父から散々怒られているうちに、気が緩んでしまったというと語弊があるかもしれないが、途中から急に意識が遠のいたのは事実だ。父が言うには、話している間に急にテーブルに突っ伏すように倒れてしまったという。

熱があったが、ひどい喘息発作が出たわけではなかったから、救急車を呼ぶようなことにはならなかったと、父はあとから説明してくれた。ただ、さすがに驚いて、一気に怒りも冷めたらしく、とにかくナナミをベッドに運んで休ませてくれたのである。

なんとなくうつらうつらとまどろみがあり、切れ切れのかすかな記憶の断片がある。窓の外が茜色になっても、すっかり日が落ちて暗くなった後も、父はずっとついていてくれたらしい。しっかりと目が覚めたときには、カーテンの隙間に明るい青空が見える時間になっていた。

「やっぱり相当無理をしたんだな」

気がついたナナミに、誠一郎はほっとしたようにため息をついていた。

まだ険しい顔をしていたし、夜通し付き添った疲労はあるものの、昨日のような灰色の顔はどこにも見えなかった。

「どうした、ナナミ。父さんの顔に何かついているか?」

そんな声に、ナナミは慌てて首を振る。

いぶかしげな誠一郎の視線から逃れるように、ナナミはベッドに潜り込んでいた。まちがいなく、ナナミのよく知るいつもの父だった。ちょっと厳しいところはあるが、生真面目で、ナナミの体調が悪いときは、心の底から心配して付き添ってくれる、いつもの父だった。

しかしそんな娘の様子に、誠一郎の方は思うところがあるのか、少し考えるそぶりをしてから口を開いた。

「お前がどこへ行ったのか、何をしていたのか、全部話せとは言わない。お前くらいの年になれば父さんに言えないこともあるだろう。だけど、体に負担をかけるようなことはするな。わかっているると思うが、お前は丈夫な体じゃないんだからな」

ナナミは毛布から目だけを出して頷く。

「絶対にだぞ」

もう一度頷く。

頷きながら、ふとナナミは気がついた。

時計を見ればもう昼に近い時間であるのに、誠一郎が私服でいたのである。平日の昼間にネクタイを締めていない父を見るのは新鮮であった。

「お仕事は？」

「お前を置いて出ていけるわけがないだろう。今日は一日休暇をとった」

「休暇？」

「明日以降のことはまた考える。今日は父さんは一日いるよ」

「本当？」

思わず笑顔になるナナミを、誠一郎はたちまち睨み付ける。

「言っておくが、仕事を休むのは大変なんだぞ。やることは山のようにあるんだ。できれば明日の午後には仕事に行きたいから、はやく元気になりなさい」

ナナミが小さく返事をしながらも、毛布を顔が隠れる辺りまで引き上げたのは、まだまだ笑みがこぼれそうになったからだ。

やれやれとため息をついた誠一郎が、椅子から立ち上がる。

「父さん」とナナミは、控え目に声を上げた。

「なんだ？」

「ごめんね」

ナナミの声に、誠一郎はちょっと眉を寄せたが、急に肩の力を抜いて首を振った。

「いや……、ちょうど良かったのかもしれん」

やわらかな声だった。

髪を掻きながら、そのまま窓から差し込む日差しに目を細めた。

「少し忙しすぎた。ナナミのためにがんばろうと思っていただけなんだが、どこか変になっていたのかもしれない」

意外な返事にナナミは耳をすましていた。

「だからといって、お前が嘘をついて出かけたことは、許していないからな。ちゃんと体調が戻るまでは図書館も禁止だ」

「はい」と神妙に返事をしてから、ナナミはすぐに続けた。

「ちゃんと家にいるから、父さんの書斎、入ってもいい？」

「寝込んでいても本を読むつもりか？」

「ダメ？」

「ダメとは言わんが……」

「本が嫌いになった？」

ナナミは思わず言葉を重ねていた。そんなふうに父に近づける久しぶりの時間だと感じたのだ。

怪訝な顔をする父を、ナナミは毛布の端から見返して、

「だって昨日、本ばっかり読んでたらダメになるって……」

「そんなこと言ったか」

誠一郎は戸惑い顔で小さくため息をついた。

「うまく言えないが……まあ、書斎は好きに使っていい」

「ほんと？」

「でも何度も言うが無理は駄目だぞ。また熱を出すようなら、読書も禁止だ」

はい、とナナミはできるだけ真面目な顔で返事をした。

ナナミ自身は体調の悪さを感じない。図書館に行けないのは残念だが、学校を休んで、家で好きなだけ本が読めるというのは、魅力的な環境だ。しかも父が家にいてくれるのだと言う。

ナナミはベッドの中で丸くなった。

胸の奥に広がるじんわりと温かなものを抱きしめるように、しばらく丸くなって動かなかった。


父の書斎はけして広くはない。

ただ、その広くはない六畳間の壁の四面にぎっしりと本が詰まっている。片隅に小さな机と椅子はあるが、家で父が仕事をすることはほとんどないから、それ自体はあってないようなものだ。

午後になって、そんな書斎に足を運んだナナミは、片隅の椅子に腰を下ろして、書棚を眺めていた。

本棚はさすがに父のものだけあって、ナナミが読むには難しいものが多い。証券会社に勤めている関係で、経済や政治に関する本が一角を占めているのだが、その割合はけして多くはなく、むしろ仕事とは関係のない、文学、哲学、倫理学など、多岐にわたる分厚い本が並んでいる。

そんないかめしい書棚を眺めつつも、ナナミの頭の中は、結局あの城での不思議な出来事に舞い戻っていた。

灰色の宰相の異様な姿が、脳裏にこびりついたまま離れなかった。朗らかに話していた態度が一変し、苛立ちを露わにして、最後は苦しみながらナナミを追い出したのである。

ナナミの目は、いつのまにか書棚の片隅に向いていた。ナナミが昔読んだ絵本を仕舞ってある棚だ。その一番隅に、ルパン全集の『奇巌城』が置いてあった。『宰相の間』で、ナナミを助けてくれた本だ。

あの日、『将軍の間』から残りの九冊もすべて持ち帰ったが、夏木書店に戻ってきたとたん、本は本来の重さを取り戻してずっしりとナナミの肩にのしかかった。いったん夏木書店に預けることにしたのだが、『奇巌城』だけは鞄に入れたままにしておいたのだ。いずれ元気になったら夏木書店に出かけて、まとめて図書館に戻しに行くことになるだろう。

だが、それで問題が片付くわけではないことは明らかだった。

『将軍の間』にはまだ何冊も本が残っていたし、城内にはほかにも持ち出された本がいくつもあるに違いない。

のみならず、猫は言っていた。

『灰色の男を止めなければならん』

去り際の猫の、おもいのほか小さな背中が思い浮かんだ。

「『ともに歩む者』、『作られし者』……」

摑み所のない言葉だと思う。

その言葉を、あの日林太郎にも伝えたが、林太郎は何か考え込むような顔をしてから、「少し時間が欲しい」と答えただけであった。

体調が回復したら、父に頼んで夏木書店に連れていってもらおう。

それが今のナナミの結論だった。

林太郎なら、なにか特別な思案にたどり着いてくれるかもしれない。さすがにもう一度、こっそり出かける気にはならないから、今度は父にちゃんと頼むつもりだ。問題はどうやって父に説明するかだが、今朝の父の様子を見れば、なんとかなるような気がしていた。そういう前向きな見方ができることが、ナナミの強みでもあった。

「元気になったら、夏木書店だ」

ナナミはあえて声に出して宣言した。

なすべきことが決まれば、切り替えるのは早い。ナナミはどの本を読もうかと書棚を見回した。読んだことのない分厚い本もいいが、久しぶりに絵本を開いてもいいかもしれない。今日は少し早めに寝るとしても、明日だって時間はたっぷりとある。しかも明日の昼までは父がずっと家にいてくれるのである。

ナナミの頬はゆるんで、思わず笑みがこぼれていた。

その夜、ふとベッドの中でナナミは目が覚めた。

午前中いっぱいずっと寝ていたから、眠りが浅くなったのであろう。時計を見れば、ちょうど日付が変わる時間だ。

どうしたものかと思案しつつも、ベッドから体を起こしたのは、妙な胸騒ぎを覚えたからだ。

カーテンの隙間から外を覗くと、いつのまにやらしとしとと小雨が降っている。ただでさえ冷え込む夜は、雨とその向こうに揺らぐ頼りない街灯の光とが相俟《あいま》って、一層寒々としている。

水でも飲もうとベッドから下り、廊下に出たところで、ナナミは足を止めた。

部屋の前には一階に下りていく階段があり、右隣の部屋が父の寝室で、その向こうの廊下の突き当たりが父の書斎になっている。よく見ると、書斎の扉が少し開いて、淡い光が漏れていた。

父が起きているのかと思ったが、すぐにそうではないことに気がついたのは、漏れている光が電灯の白い光ではなかったからだ。

はっとしたナナミは、足音を忍ばせながら廊下を歩き、書斎の扉をそっと押した。

思った通りだった。書斎の中が、あの見慣れた青白い光に満たされていた。

書棚全体が淡く輝き、優しい光がナナミを誘うように揺れていた。

「どうしてここに……」

思わずそんなつぶやきが漏れた。光の中に足を踏み入れたが、あの果てしなく続く通路は見えず、四面の書棚が青白く輝いている。中でもひときわの光を放っているのは、片隅に仕舞った『奇巌城』だ。

手を伸ばして、その古い本に触れたときだった。

「こんな時間にすまないな、ナナミ」

聞き慣れた低い声が耳を打った。

驚いて振り返ったナナミは、向かい側の書棚の下に、トラネコの姿を見留めた。

突然の猫の出現に今さらナナミは驚かなかった。けれど素直に再会を喜べなかったのは、猫の様子が明らかに変わっていたからだ。二等辺三角形の耳と翡翠の瞳は同じだが、毛並みは荒れ、息は乱れ、ふてぶてしいはずの顔に明らかな憔悴《しょうすい》が見える。

「どうしたの？」

「恐れていたことが起こった。灰色の男が最後の手段を取ろうとしている」

声に、緊迫したものが漂っていた。

ナナミは膝をついて、猫の背に触れた。毛の一部が黒く焦げているのだ。火傷《やけど》の跡さえある。

言うまでもなくただ事ではない。

「何があったの？」

「ここで詳しく語っている暇はない。君の力を貸して欲しい」

こんな風に率直に助けを求められたのは初めてだった。

「本来なら君を巻き込むべきではないが、しかし、もう君にしかあの男は止められない」

「どういう意味？　あの男って、将軍？　宰相？」

「いずれでもない。いや、いずれでもあると言っていい。灰色の男は、様々な人間の多様な情念を抱え込んでいる。将軍も宰相も、灰色の男の一側面に過ぎない。何にしても奴にとって、君の存在はよほど予想外だったのだろう。結論を急ごうとしている」

　猫は大きく首を左右に振った。

「わしも君を巻き込みたくはない。しかしナナミ、我々にはもうどうすることもできない」

　猫は一瞬言いよどんだが、すぐにナナミを見返して、もう一度はっきり告げた。

「君の力を貸して欲しい」

「当たり前でしょ」

　即答だった。

　おまけに力強い声であった。

　淀《よど》みない返答に、猫は翡翠の目を大きく見開いたまま、ナナミを見上げた。あからさまな猫の態度に、ナナミの方が不本意そうに眉を寄せる。

「そんなに驚くことはないんじゃない？」

「驚いたのではない。懐かしいと思ったのだ」

「懐かしい？」

「昔、君と同じようにわしに力を貸してくれた少年がいたのだ。非力で無気力な少年だと思っていたのだが、危険を顧みず、笑ってわしに力を貸してくれた。本を守るためにな。君とはずいぶん違う性格なのに、懐かしいとは我ながら不思議だ」

猫は澄んだ瞳を向けて、感慨深げに告げた。いつでも泰然と構えて、余計な感傷は口にしない猫にしては、珍しい態度かもしれない。

猫の思い出を、無論ナナミは何も知らない。けれどもその少年が誰であるかは、なんとなくわかる気がした。

「私はきっと、その少年みたいに頭が良いわけじゃないし、体も丈夫じゃないけど、気持ちだけは負けないつもりだよ」

「案ずるな。その心こそが、あの迷宮でもっとも強力な武器となる。図書館でなぜわしは君に出会ったのか。今ならわかる。あれは偶然ではなかったのだ。君には本を救う力がある。だからこそ、わしは君のもとに導かれたのだろう」

「私は最初からわかってた。絶対偶然じゃないって」

小さくナナミは笑った。

どんなことにも動じなかった翡翠の目がかすかに揺れた。

やがて猫はゆっくりと頭《こうべ》を垂れた。

「感謝する」

皮肉屋の猫の、真摯《しんし》な声が響いた。

「それで、どうしたらいいの。ここには通路がない」

「通路はあるのだ」

猫が自分の後ろを目で示した。一瞬ナナミは意味がわからなかったが、すぐに気がついた。

猫の後ろには、猫の背丈と同じくらいの小さな本の通路が口を開けていたのだ。見た目はこれまでと同じだったが、サイズは極端に小さく、小柄なナナミでも通るのは無理だ。

「こんなに小さい？」

「ここではこれが限界だ。本の力が確実に弱くなっている」

「じゃあどうしたら……」

「図書館だ」

ナナミが目を丸くする。

「図書館？」

「あそこにはまだまだ多くの本がある。最初に通ったあの通路なら、今も十分な広さがあるはずだ。場所はわかるな？」

「わかるけど、今何時だと思ってるの？」

ナナミは壁の掛け時計に目を向けた。言うまでもなく深夜である。

「図書館に入るには、玄関とか受付とか、いろんな場所を通らなきゃいけないの。二十四時間営業じゃないよ」

「それなら問題ない。入り口は通れるようになっている」

きょとんとするナナミを、猫は静かに見返している。

「行けばわかる。疑うのかね？」

「一ヶ月前なら間違いなく疑ったけど……」

ナナミは首を振った。

「今は疑わない」

「それでいい。時間が惜しい。とにかく一刻も早く図書館に行ってくれ」

「わかった、必ず行くからひとりで無理をしたら駄目だよ」

ナナミは両手で猫の顔を挟んだ。さすがに猫は翡翠の目を丸くした。

猫の様子は明らかにこれまでと違う。放っておけば、そのまま消えてなくなりそうなきわどい空気に包まれている。顔を挟まれても猫は暴れなかった。そのままの状態でまっすぐにナナミを見返していた。

「ちゃんと待ってて」

猫が掌の中で小さく頷いた。

その時だ。

「ナナミ、誰かいるのか？」

廊下から聞こえてきたのは、誠一郎の声だった。

猫は目配せすると、素早く身を翻した。

「待っている。君が頼みの綱だ」

小さな通路に猫が飛び込むのと、書斎の扉が開くのが同時だった。

ナナミが立ち上がるのと、パジャマ姿の父が顔を見せるのも同時だった。

気がつけば、青白い光は消え、本棚の上にある小窓から、外の街灯の光が頼りなく書斎の中を照らしていた。


「何をやっているんだ、こんな時間に?」

あくびを噛み殺しながら、誠一郎が不機嫌な顔で書斎の中を見回した。

無論、特段変わりのない書斎である。

「しかも電気もつけず、誰としゃべっていたんだ?」

誠一郎が壁際のスイッチを入れると、電灯の明かりが煌々《こうこう》と灯《とも》り、ナナミは慌てて目を細めた。

「本が好きなのはわかるが、体調も戻っていない時に、こんな時間に起きだして、どういうつもりなんだ」

「ごめんなさい」

「しかも暗闇の書斎でひとりで騒いでいるなんて、普通じゃないぞ、ナナミ」

苛立ちのこもった父の声に、ナナミは身を固くした。

——そうだろう、普通じゃないに違いない。

ナナミは心の中でつぶやいた。

自分でも、普通でないということはわかる。いや、この一週間、普通のことなんて、何も起こっていない。話をする猫も、青く光る本の通路も、灰色の男も……。けれど、普通じゃないからといって、どうでもいいことではない。

ナナミは、書斎の真ん中で唇を固く結び、頬を上気させたまま、じっと父を見つめた。誠一郎は怪訝な顔をする。

「どうした、ナナミ？」

「父さん、お願いがある」

胸元で両手を握りしめたままの娘に、誠一郎はさすがにただならぬものを感じたようだった。

「なんだ？　そんな思い詰めた顔で……」

「無茶苦茶だと思うだろうけど、図書館に行きたい」

唐突な言葉に、誠一郎は一瞬ぽかんとした顔になった。懸命に理解しようとしているのだろう。二度三度瞬きをしながら、とりあえず答えた。

「そうだな、元気になったら、久しぶりに一緒に……」

「元気になったらじゃ、間に合わない」

「間に合わない？　明日ってことか？」

「明日でもない。今から」

さすがに誠一郎は絶句していた。

「頭がおかしくなったんじゃないかって思うかもしれないけど、とても大事なことなの。どうしても今から図書館に行かなきゃいけない」

「それはナナミ……」

誠一郎は茫然としつつも語を継いだ。

「さすがに無理だ。いったい何を言ってるんだ?」

「変なことだってのはわかってる」

「じゃあせめて、事情を説明してくれ。何も言わずに、こんな時間に図書館だなんて……」

「事情はきっと説明する。でも今は時間がないって言われたの。こうしてゆっくり話している時間だって……」

「馬鹿を言うな、ナナミ」

誠一郎の声に鋭さが増した。

その顔からは眠気も消し飛んでいた。眉間には深い皺が現れ、困惑と苛立ちとがめまぐるしく入れ替わっていた。

「ここのところお前はただでさえ、おかしなことばかりしているんだぞ。嘘をついて、心配をかけて、あげくにこんな夜中に大騒ぎをして、散々父さんを困らせたばかりだ。もちろん父さんだって、忙しすぎたのかもしれない。その点はすまないと思ってる。しかし、だからといって、許容できることとできないことがある」

「父さんに心配をかけたことはわかってる……」

「わかってるなら……」

「力を貸して欲しいって言われたの!」

ナナミのまっすぐな声が、書斎に響きわたった。

誠一郎が驚いて口をつぐんでいた。

ナナミにも、自分が突拍子もないことを言っていることはわかっていた。父が怒るのも当たり前だ。おかしいのは自分の方なのだ。

喘息持ちの娘が、突然遅い時間に帰ってきて、次には勝手に遠くへ出歩いて、そして今度は夜中に一人で騒いで……。

けれども……。

脳裏に、さっきの猫の姿が浮かんでいた。

憔悴した顔、緊迫した目、そして焼け焦げた背中の毛……。何が起こっているのかはわからない。けれど大変なことが起きていることはまちがいない。

「待ってるって言われた。大事な友達に」

「友達？」

「私だって、わけがわからないことはいっぱいある。でも友達が助けを求めていることは確かなの。父さんも言ってたじゃない。困っている人がいたら、ちゃんと手を差し伸べられる大人になりなさいって」

懸命なナナミの言葉を、誠一郎は声もなく聞いている。

「昔、父さんが言ったことだよ。人は一人で生きてるわけじゃない。気づかないうちに色んな人に支えられているものだって。特にお前は体が弱くて沢山の人のお世話になっているんだから、お前も、困っている人を見たら、ちゃんと支えてあげられる人になりなさいって」

最後は何を言っているのか、自分でもわからなくなっていた。

父がそんなことを言ったのは、もうずっと以前のことだ。今さらどうしてそんなことを思い出したのか、ナナミにもわからなかった。

誠一郎の表情は険しいままだ。その険しい顔のまま、しかし父は何も答えなかった。さらに沈黙を置いてから一度天井を見上げ、足下に視線を落とし、額に手を当てて、何度か首を振った。

「ナナミ」

絞り出すように誠一郎が口を開いた。

「とにかく、ここを動くんじゃない」

「父さん……」

「いいから、動くんじゃない！」

ほとんど怒鳴りつけるような口調で告げて、誠一郎は書斎を出ていった。

静まり返った書斎で、ナナミは立ち尽くすばかりだ。小窓の向こうでは雨脚が強くなっている。

図書館はけして遠くはないが、ナナミがこの雨の中をひとりで家を抜け出して歩いていくのは容易でない。しかも父の監視の目をくぐって……。

――君が頼みの綱だ。

そう告げて身を翻した猫の背中が、脳裏に焼き付いていた。

唇を噛みしめたナナミの前に、やがて誠一郎が戻ってきた。

ベッドに連れていかれるのかと思ったが、見返せば、誠一郎は上着を羽織っていて、その太い左腕にはナナミの萌葱《もえぎ》色のコートがかかっていた。

「図書館なんだな?」

無理矢理絞り出すような口調だった。

戸惑うナナミの目に、誠一郎の右手できらめくものが見えた。車のキーだ。

「本当に体調は大丈夫なんだな?」

思わぬ父の態度に、ナナミは言葉も出ないまま首を縦に振った。

「急ぐんだろ。早く着替えなさい」

「父さん……?」

「外は雨だから、コートを持っていけ。それから喘息の薬も忘れるな」

ふいに父の不機嫌な顔が大きくゆがんで見えたのは、ナナミの目に涙が溢れたからだ。

「なんて娘だ、まったく……」

父は何度も頭を振りながら、

「本当に、なんて娘なんだ……」

繰り返しつぶやきつつも、手元のコートをナナミの肩に着せかけていた。


車の中で、父は何も言わなかった。

あれほど説明しろと言いながら、動き出した車の中には、沈黙があるだけだった。

図書館までの道のりは車で五分とかからない。雨の降る深夜の道にほかに車はなく、人通りもない。図書館の閑散とした駐車場に入り、正面玄関の大仰なピロティの下に車がついた時、図書館の入り口から奥へと続く柔らかな光がナナミの目に入った。

玄関の大きなガラス扉を貫くように、青白い光の通路が奥へと延びている。淡く揺らぐような通路は、夏木書店で見たものよりさらに狭く、ナナミひとりがやっと通れるくらいの大きさだ。

車が止まると同時に、ナナミは素早くシートベルトをはずし、コートに腕を通した。

「私は一緒に行ってあげられないようだな」

告げたのは、運転席の誠一郎だ。

ナナミが顧みた父の顔には、険しさが消えたわけではなかったが、困惑と迷いとその他もろもろの感情が整理もつかないまま、にじみ出ていた。父の目に、自分と同じものが見えているのかもナナミにはわからない。しかし父は、図書館の入り口を見つめたまま、静かな口調で告げた。

「普通の親は、こんな時間に娘を図書館に連れてくるもんじゃないし、行ってらっしゃいと笑顔で送り出したりもしない……」

ナナミに答える言葉はない。

だが父の方も、黙然と何かを探すように、雨で濡《ぬ》れたフロントガラスに視線を移し、やがてつぶやくように言った。

「人は一人で生きてるわけじゃない」

それは、先ほど書斎でナナミが言った言葉だ。

「母さんがいつも言っていた言葉だよ」

「母さんが？」

「懐かしい言葉だ。お前がなぜそんなことを急に言い出したのか、私にはわからないがね。いきなり母さんから言われたような気がしたよ。ナナミの頼み事を聞いてあげなさいって」

不思議な言葉に、ナナミはほとんど息を詰めて耳を傾けていた。

「母さんもお前に似て体が丈夫じゃなかったが、とても明るい人だった。人は一人で生きてるわけじゃない。支えたり支えられたりしながら、なんとか大変な毎日を乗り越えていくもんなんだとよく言っていた。辛いときはいろんな人の力を借りればいい。そして、借りたものはまた返せばいい」

初めて聞く話だった。

父は、早くに亡くなった母の話を、あまりしたがらなかったのだ。

「今じゃ、そんなことを言う人もほとんどいないかもしれない。みんな、自分のことで手一杯で、自分が一番大事だと思ってる。偉そうなことを言っているが、私だってそうだ。お前が毎日たくさんの大事なものをくれるのに、すっかり忘れてしまっていた」

大きな屋根の下にいる車に雨は当たらない。屋根の端に吊るされた鎖樋《くさりとい》を、絶え間なくしずくが落ちていくのが見える。

「世の中はどんどん変わってしまうけど、変わってはいけないことがある。そういう大事なことはちゃんと本に書いてあるから、お前には、世界中の本を読ませてやりたいと、よく母さんと話していたものだ」

「世界中の本……」

「だからナナミというんだ。七つの海、つまり世界という意味だよ」

ナナミは声も出なかった。

こんなタイミングで、こんな大切な話を聞かされるとは思ってもいなかった。

路肩の植え込みが、雨のしずくを受けて、ささやかなワルツを踊るように揺れていた。

「母さんなら、迷わずお前をここに連れてきたのかな」

ほのかな苦笑とともに、父は娘に目を向けた。

「帰ってきたら、ちゃんと事情を説明しなさい」

静かなその言葉に、ナナミはゆっくりと頷いた。

「ハンカチとティッシュは持ったな?」

場違いな気遣いにも、ナナミは小さく頷いた。

「薬もちゃんとあるな?」

とうとうナナミは小さく笑った。

「まるで遠足に行くみたい」

「遠足なら、どんなに気楽なことか……」

誠一郎はハンドルに手を置いたまま、大きくため息をついた。

「行ってきなさい」

その声がかすかに震えていた。

「そしてできるだけ早く帰ってきなさい。父さんは、ここで待っているから」

ナナミはまた大きく頷いてから、車の外に出た。

図書館の入り口に立ってから振り返ると、運転席を出て、軽自動車の横に立つ父が見えた。

ナナミは両手を握りしめたまま、できるだけ大きな声で告げた。

「行ってきます！」

あとは返事も聞かず、身を翻して光の通路を駆け出した。


青白い光の通路は当たり前のように、正面のガラス扉を貫いていた。

その先はナナミの思った通りだ。

一階の受付を抜け、吹き抜けの階段を上って二階へつながり、そのままあの「フランス文学」の奥の棚まで続いていた。そこに見たのは、一週間前に猫と歩いたあの大きな書架の通路だ。

ナナミは、迷わず走り続けた。

必死で走っても、不思議と喘息発作は起きなかった。

通路が強い光に包まれ、やがて向こうに抜けたのだと思ったとき、ナナミの前には、巨大な城壁が立ちはだかっていた。

かつて見た城とはまったく規模が違っていた。左右に延びる城壁は延々と続いて切れ目が見えない。城壁の向こうには、大小いくつもの尖塔が屹立し、城というより巨大な要塞といった様相だ。城壁上には無数の灰色の旗が隙間なくはためき、旗の下には黒々とした大砲まで並んでいる。

だが、ナナミが息を呑んだのは、城の威容に圧倒されたからではない。城の各所から、炎と煙が上がっていたからだ。

城が燃えていた。

あちこちからもうもうと黒煙が立ち上り、広い空は赤黒い不気味な色に染まっていた。ときおり生暖かい風が流れ、焦げ臭い臭気がただよってくる。

しばし声もなく立ち尽くしたまま、ナナミは前方の城門に目を向けた。

板橋の上に、赤い光を背にした猫が待っていた。


ナナミを迎えた猫は、何も言わず、先に立って歩き出した。

板橋を渡って城壁の中へ入れば、縦横の石畳が枝分かれし、迷路のようになっている。その中を猫は迷わず進んでいく。

ときおり煙の臭いが流れ、熱のこもった風が吹き抜け、パチパチと何かが爆《は》ぜる音が聞こえてきたかと思うと遠ざかっていく。隊列を組んだ兵士が右に左に走り抜けていくのに出会うが、全員が無表情であるから、慌てているのか、落ち着いているのかさえわからない。

城壁が高いために、周りの炎は見えないが、見えないからといって、安心でも安全でもないことは明らかだ。城壁に切り取られた狭い空は、刻々と赤黒さを増している。

「何が起きているの?」

ナナミが口を開いた。

「灰色の男が火をつけた。城ごとすべてを燃やそうとしている」

信じがたい返事だった。

猫は振り向きもせず淡々と石畳を歩いていく。

「奴は本来はもっとゆっくりと時間をかけて、世界から本を消していくつもりだったのだ。少しずつ世界中の本を盗み出していけば、それに気づく者も多くはない。もっとも穏当で、確実な道のりだ。ところが事情が変わった。君が現れた」

猫は、数段の石段を上り、枝分かれした石畳の中央を選んで進んでいく。遥か前方から、熱をはらんだ風が流れ込んでくる。

「この城には、これまでにも多くの人間が訪ねてきた。そして、そのほとんどが心を奪われ、奴の言う『自由に、自分らしく』生きる道を選んだ」

「つまり本を忘れていった……」

「そうだ。しかも本を忘れた人々は、その多くが、現実の社会に戻って大きな成功を収めた。本を捨て、想像力を失った人々は、容赦のない攻撃性を武器に、欺《だま》し、搾取し、奪略し、他者の屍《しかばね》の上に『自由』の旗を掲げていった。すべて灰色の男の目算通りだったのだ。だが君は違った」

道を曲がったところで、ふいに熱風がナナミの頬を打った。

視界が開けたその場所は、城の前の広場だった。一度は煤と灰に埋もれていた祭壇が、今再び炎に包まれていた。それも禍々《まがまが》しいほどに勢いのある炎だ。周りには灰色の顔の兵士たちがいるが、黙々とバケツで水を運んでいる一団もあれば、ただ無意味に辺りを行進する者、直立して炎を見つめるだけの者と様々だ。

飛び散る火の粉を避けるように迂回しながら、猫は城の正面階段へと近づいていく。

「でも私が何かした？　あいつの言うことを聞かなかっただけだと思うけど……」

「君の行動は、あの男の想定をはるかに越えていたのだ。銃を向けられても君は本を諦めなかった。それどころか本をつかんで逃げ出した」

「褒められるようなことじゃないけどね」

「二度目に来た時は、奴の強力な言葉を受け止めても踏みとどまった。のみならず、その言葉を真っ向から否定した。かつてない衝撃を受けて、あの男の確信が大きく揺らいだのだ。あの迷宮では、確信の揺らぎは、存在の根幹をも揺るがす。だから奴はあれほど動揺し苦しんだのだろう。しかも……」

猫は王城の前の大きな石段の下まで来て、ナナミを顧みた。

「君は、苦しむあの男さえも気遣った」

猫は首を動かして、今度は階段の上を見上げると、一段ずつ上り始めた。高々とそびえる白亜の城は煙で霞《かす》み、炎を受けて赤く揺らめいて見える。

「あの男の思考原理に従えば、君は相手の弱みにつけ込むべきだったのに、正反対の行動に出た。その驚きが彼の考えを変えたのだ。急ぐべきだと」

階段の一番上まで上ったとき、猫はゆっくりと背後を振り返った。ナナミもそれにならって愕《がく》然《ぜん》とした。

炎と煙に巻かれた、広大な城が広がっていた。

自分たちがどこから入ってきたのかさえ、もはやわからなかった。

迷路のように入り組んだ城壁と、大小様々な尖塔が、遥か彼方まで広がっている。あちこちから煙がのぼり、炎が上がり、火が付いたままはためく旗や、気流に煽《あお》られて天に舞う垂れ幕もある。ときおり痛いほどの熱風が吹き付けて、ちりちりと光る火花や、焦げ臭い煤を城内に運び込んでいた。

「あの塔の各所にも、持ち出された本はまだ残っている。閉じ込めておけばいずれ力はなくなると言っていたが、それを待つ余裕さえなくなったのだろう。城ごとすべてを焼き払うというのが灰色の男の結論だ」

「あの人と話さないといけない」

「その通りだ」

城内へと視線を向ければ、まっすぐに奥へと赤い絨毯が続いている。あちこちに焼け焦げたあとがあるのは、火の粉が吹き込むせいだろう。おまけに、大きな通路のそこかしこに、無数の白い本が散らばっている。宰相が作っていた『新しい本』だ。運んでいる最中に、無残に放置されたらしい。こんな所に火が入れば、あっというまに城内まで燃え広がるに違いない。

赤い絨毯をたどって『将軍の間』に入れば、がらんとした広間には、前に来たとき以上に荒廃した雰囲気がただよっていた。絨毯は破れ、傾いたシャンデリアには蜘蛛《くも》の巣が張り、石台の上に放置された書物はすっかり埃をかぶっている。わずかな時間しか経っていないはずなのに、何十年もの年月が過ぎたかのようだ。人々から忘れられるということは、時間の流れよりはるかに荒廃を早めるものなのかもしれない。

ナナミも猫も、今さら足を止めたりはしなかった。

『将軍の間』を抜けて『宰相の間』に入ると、ここにも人影はない。それだけでなく、力強く動いていたあの鋼鉄の製本機が、今は見る影もなく打ち捨てられていた。ピストンはひび割れ、歯車は外れ、巨大なプレス機は大きく傾《かし》いでいる。そこかしこに薄汚れた紙束が挟まり、機械の足下を、紙くずと化した『新しい本』が埋めていた。この巨大な機械工場の真ん中で、にこやかに笑っていた宰相の姿が、夢物語のように思えてくる。

ナナミの足は止まらなかった。

予感があったからだ。

油に汚れた絨毯を進んでいくと、思った通り宰相が座っていた黒いソファはなくなり、その代わりに、壁に新しい扉が姿を現していた。

律儀にそこにだけ、一人の衛兵が立っていた。

「何者か、この先は国王陛下のお部屋である」

ナナミは声に力をこめて答えた。

「その王に、会いに来た」

灰色の兵士は踵を鳴らして敬礼した。

「国王陛下に来客！」

復唱する声は聞こえず、兵士の声だけが、陰々とこだましながら遠ざかっていった。

やがて静寂の中を、ゆっくりと大きな扉が左右に開き始めた。


扉の向こうには、広大な空間が広がっていた。

ここまで歩いてきた赤い絨毯は、扉の先から急に幅が広くなって、奥に続いている。絨毯の両側には太く白い石の円柱が等間隔に並び、はるかに高いドーム状の天井を支えている。円柱にはそれぞれ大人の身長ほどの高さに、燭台《しょくだい》の火が灯っているため、赤い絨毯は明るく浮かび上がって見えるが、左右を見渡せば薄暗い闇に包まれていて、どれほどの広さがあるのかはわからない。よく見れば、絨毯の両側は、うち捨てられた膨大な量の『新しい本』で埋め尽くされている。白い砂浜を血塗られた歩廊が貫いているような、不気味なコントラストを成していた。

「ようこそ、『王の間』へ」

静まり返った広間に、乾いた声が響いた。

広間の一番奥の、数段高くなった壇上に、真っ白な異形の椅子が据えられていた。背もたれだけで数メートルの高さがありながら、装飾も色彩もないのっぺりとした白い石の玉座。そこに灰色のスーツの男が座っていた。

ナナミは臆せず、まっすぐに歩き出した。

玉座に座っていたのは、長身で肩幅も広い紳士だ。将軍でも宰相でもない。体格がいいために一見若々しく見えるが、目元や頬には年月の刻んだ皺があり、そこに座っているだけで独特な風格がある。しかしそんな外見上の変化は、ここではたいした意味を持たない。今ではナナミもそのことがわかる。確かなことは、ひとつずつ扉をあけ、ようやくここまでたどり着いたということだ。

「お帰り、ナナミ」

迷いなく歩み寄ってきたナナミを、灰色の王は物憂い笑みを浮かべて迎えた。

王は悠然と構えてはいたが、退廃の気配が濃厚であった。糊《のり》の利いたスーツはあちこち焦げ、破れている部分さえある。靴は煤で黒ずみ、足下には鳥打ち帽が捨てられ、背後に衛兵の姿はない。玉座の周囲にまで乱雑に『新しい本』が積み上げられており、左右に立つ燭台の明かりが、そこに刻んだ陰影を、さざ波のようにゆらゆらと揺らしていた。

「きっと来ると思っていたよ。あの火と煙を見ても、君はきっと逃げ出さないと思っていた」

玉座に肘をついたまま、楽しげに王は肩を揺らす。楽しげでありながら、その灰色の顔に暗い疲労の色が見える。

「何もかも燃やすなんて、こんなこと放っておくわけにはいかない」

「そんなに本が大事かね」

「本は大事。でも本だけじゃない。あなたや、外の兵隊さんたちだって逃げないと危ない」

ナナミのはっきりとした声に、王はおびえるように眉を寄せた。

「またそんなことを言う……君は本当に、理解に苦しむ存在だ」

王は苦しそうに眉を寄せ、首元に手をかけてネクタイをゆるめた。

「君が来るまで、私には迷いなどなかったのだよ。私は、いつだって人間のために力を尽くしてきた。実際に私の言葉に従った者たちは、確かに成功者としての地位を手に入れてきたのだ」

王は、わずらわしげにするりとネクタイを引き抜いて、傍らに投げ捨てた。

「私は別に命令したわけではない。君たちが、もっと自由に生きたいと望んだんじゃないか。自分さえ愉快であればそれでいい。そう願ったのは、君たちの方だ。私はただ、その望みが叶《かな》うように手伝いをしてきただけなのだよ。それなのに……」

王の声はほとんど嘆きに近くなっていた。

「それなのに、君は私の身を気遣うというのかね」

「あなたが何を見てきたのか私にはわからない」

ナナミは口を開いた。

「でもそんな人ばかりじゃない。私の周りには、そうでない人がたしかにいる」

「可憐《かれん》だが、未熟な幻想だよ。そのままでは、君もまた踏みつぶされる側になるだけだ」

王が哀れみを含んだ目を向ける。

「己の欲望を追求し、より多くの富を貯《た》め、より多くの快楽を手に入れる。そんな風に欲望のままに生きることが『自由』と言われる時代だ。そうでない時代もあったのだよ。欲望をコントロールし、欲望から自由であることこそが、真の『自由』だと定義された時代もあった。だがそれも過ぎ去りし日の思い出だ。もはや後戻りはできない。戻れないほどに、私の力は大きくなってしまった」

王の声は、広大な広間に反響し、いくつものこだまを伴って闇の中に消えていく。

「君のように弱い立場の人間は、信じたくもないだろう。だがいずれ、気がつくはずだ。人間の欲望が作り出したシステムは、いまや人間の手を離れ、勝手に暴走しはじめている。システムそのものが欲望となって、逆に人間を呑み込もうとしていると言っていい」

男の言葉は難解であった。すでに、ナナミの理解を大きく超え始めていた。

「王よ」とふいに口を開いたのは、足下の猫だ。

「お前はなぜ、それほどまでに絶望しているのだ?」

「絶望?」

猫の言葉に、王はゆっくりと視線をめぐらす。

「なるほど、そうかもしれない。私は『ともに歩む者』として、『作られし者』として、すべてを目撃してきたのだ。人の変わっていく姿をな」

「そうだとしても、私は認めない。私はもっと別の景色を見てきたから」

ナナミの声に、王は嘲笑でもって応じた。

「では私にも、君の見てきた景色とやらを見せてくれないかね」

王はゆったりとした動作で、高い天井を振り仰ぐ。

「まもなくここも炎に呑み込まれる。どうする？　本など捨てて早く逃げた方がいいんじゃないかね？　それとも君ひとりで持てる限りの本だけ抱えて逃げ出すか。まあ、何冊かは持ち出せるかな。しかし大半の本は、みんな火の海だ。勇敢なる少女よ、どうする？」

「方法はある」

ナナミの声が力強く遮っていた。

王はさすがに眉をゆがめてナナミを見返した。

「方法はある。私ひとりじゃどうしようもないけど、みんなで力を合わせるの」

「みんな？」

王は聞きなれない異国の言葉でも耳にしたように、首を傾けた。

「あなたと私と外の兵隊さんたちとで力を合わせて、みんなで本を持って城から逃げ出すの。そうすれば、私もあなたもみんなも本も、全部助け出せる」

王は呆気にとられた顔をしていた。

口を半開きにしたまま、玉座からなかば身を乗り出していた。

こんなに驚いた顔は、ナナミも初めて見た。王だけではない。ナナミの足下の猫まで目を丸くして見上げていた。

「君は……」

王は驚きのあまり、言葉さえ詰まらせて、あちこち視線をさまよわせる。

「君は何を言ってるんだ？」

「ひとりじゃできることは限られてる。私はあなたを置いていかないいし、本を見捨てたりもしない。みんなで力を合わせてできる一番いい方法を説明しているの」

王はなお口を開いたままナナミを見返していたが、やがてゆっくりと玉座の背もたれに身を預けた。やがてその肩が小さく震えた。小さな震えはだんだん大きくなり、とうとう王は、天井を仰いで爆発するように笑い声を上げていた。

こらえかねたように右手で腹を押さえて、王は玉座で身もだえしていた。派手な笑い声が広間にこだまし、さらなる合唱のように響き渡った。

「ナナミ……君はたいしたものだ……」

必死で笑いをこらえながら、王は何とかつぶやいた。それでもまだ笑い足りないかのように、肩を震わせながら言う。

「たしかに思い出した……。昔は、君のような人がいたよ」

「昔？」

「あの頃は、私はただの道具に過ぎなかった。私は人と人とをつなぐ手段のひとつに過ぎなかった。だが、いつのまにか変わっていった。手段が目的へと変わり、信頼は姿を消し、欲望ばかりが集まってくるようになった。ずいぶんな時が過ぎたものだ」

王は、遠くを眺めるような目をした。

「もう少し君が早く来てくれれば……あるいは……いや……」

声が切れ切れになっていた。

その時、玉座の背後で、何かがのそりと身動きをした。

はっとしてナナミは身構えた。

あの、どす黒い、圧倒的な何かだ。

「奴だ」

猫が告げた。

言うまでもない。

王の中に、巨大な何者かがいるのだ。いや、最初からナナミの前にいたのだ。『将軍の間』の時も、『宰相の間』の時も。

今『王の間』に立つ男は、まさにそのものとなって、ゆっくりと頭をもたげつつあった。

「本当に……懐かしいな……」

抑揚のない声が聞こえた。

玉座に座る男の、ガラス玉のような目が、ナナミに向けられていた。

凍った手で背中を撫でられるような感覚を、ナナミはもう知っている。

「本当に勇敢な少女だ、ナナミ」

灰色の王は玉座からゆらりと立ち上がった。それだけで喉元を押さえられるような強烈な圧迫感が押し寄せてきた。

「あなたは……」

ナナミは声を振り絞って問いかけた。

「あなたは誰？」

「敬意を表して、三つ目のヒントをあげよう」

王はどこか楽しげにつぶやきながら、玉座の両側に置かれた燭台の一方に、ゆっくりと歩み寄った。大人の胸元ほどの高さの台上で、蠟燭の火がゆらゆらと揺れている。

「私はあらゆる世界の中で、唯一自然の法則に従わない者……」

見つめるナナミの前で、王は燭台を手に取って、ナナミを振り返った。

「私は『増殖する者』だ」

底冷えのする声であった。

灰色の頬を、なめるように蠟燭の火が照らし出していた。

ふいに王の口から、笑声が漏れた。

「皆で本を抱えて逃げるか。考えもしない発想だ。あるいは、あの頃ならそれも叶ったかもしれんな。だがもう時は過ぎてしまった」

王は燭台を片手に持ったまま、ゆっくりと玉座の前を歩き出す。

「私と賭けをしてみないかね、ナナミ」

唐突な言葉が降ってきた。

しかも危険な気配のある言葉だ。

猫がナナミの前に出た。

「気をつけろ、ナナミ」

「わかってる」

そんなやり取りを王は愉快そうに眺めながら言う。

「君の心は確かに強い。だが私を抑えることは不可能だ。なにせ私を動かしているのは、君たち自身なのだから」

「何をするつもり……？」

明らかに普通でない空気がそこにある。

王は玉座の前を通り過ぎると、反対側の燭台も手に取った。

両手に小さな炎を持ったまま、ゆらりとナナミたちの方へ向き直る。

「私はもっと力をつけていく。それによって世界はますます豊かになっていくだろう。だがあくまで見かけだけの話だ。私には、無数の屍の上に一握りの絶対的な勝者が君臨する、荒涼たる景色が見える。人と人が果てしなく傷つけ合う世界だ。本の力など完全に滅びた世界だよ」

「そうはならない」

ナナミの返答は明確だ。そんなものを認める余地は、微塵もない。

その返答に、しかし王は満足げだ。

「君は本当に本に力があると思っているのだね」

ナナミは大きく頷いた。

何も揺るがない。恐れる理由もない。灰色の男が見てきたものに比べれば、はるかに小さいものかもしれないが、それでもナナミは自分なりの世界を生きている。人は一人で生きているわけではない。

「すばらしい答えだ」

王がにやりと笑った。

凄絶な笑みであった。ずっと身をかがめていたどす黒いものが、いきなりそこから顔を出したようだった。

思わず息がつまりそうになったナナミのもとに、面白がるような王の声が追いかけてきた。

「ならば生きてここから出てみたまえ」

次の瞬間だった。

王は両手に持っていた燭台を、ふわりと手放した。支えを失った燭台は重力に従って真下に落ちていった。

燭台が、本の上に落ちる乾いた音が二度。

蠟燭の火が軽やかに爆ぜた。無数の白い本の上で、炎が優雅に踊った。一瞬遅れて、王の足下がスポットライトでも浴びたように明るく燃え上がった。

啞然《あぜん》とするナナミの耳に、王の哄笑《こうしょう》が響き渡る。

「なんで⁉」

「見せてくれたまえ、本の力とやらを」

炎のただ中で王が悠々と笑っている。その灰色のスーツさえ、足下から炎に呑まれようとしている。

「世界は弱肉強食だと言ったはずだ。弱い者は強い者の炎に巻かれて倒れていくしかない。それを乗り越えられるというのなら、ぜひ君の力を見せてくれたまえ。これが私と君の賭けだ」

王が炎の中で両手を広げた。

「生き残りたまえ、健闘を祈る」

哄笑とともに優雅に一礼したその長身が、あっというまに炎に包まれた。

のみならず、炎の舌は『王の間』全体に瞬く間に広がっていく。赤い絨毯の両側に積み上げられた『新しい本』を、深紅の毒蛇がすべるように呑み込んでいく。

猫が何事か叫んだが、茫然と立ち尽くしているナナミには聞こえない。炎は猛烈な勢いで、白い石の円柱すら搦《から》め取《と》っていく。

「ナナミ！」

ようやく猫の声が聞こえたが、ナナミはまだ目の前のことが信じられず立ち尽くしていた。

「逃げるぞ！　王は人間の負の感情を背負いすぎたのだ。もう戻ってこられない場所にいる」

「でも……」

「迷っている暇はない！」

猫の声に振り返ったナナミは、ぞっとして首をすくめた。

『王の間』の入り口近くまで、もう火の手が伸び始めている。絨毯の道がかろうじて残されているだけで、両側は火の海だ。もう一度壇上を顧みたが、もはや王の姿どころか白亜の玉座も見えない。

「走れ！」

猫の声にむち打たれたように、ナナミは駆け出した。

『王の間』を飛び出したところで、ナナミは愕然として足を止めた。すでに『宰相の間』も火に呑まれようとしていた。

わずかな火の粉が油に燃え移り、凄まじい勢いで炎が広がっているのだ。歯車と歯車の間にも、勢いよく炎が噴き上がっている。ぎしぎしと異様な音が聞こえたのは、複雑に噛み合った機械類が、熱に耐えかねて悲鳴を上げているのだ。

「急げ、ナナミ！」

猫の掠れた叫び声を、耳障りな異音がかき消した。

右手に高く佇立していた巨大なプレス機が、炎に巻かれて大きく軋んだ。と同時に、ただでさえ傾いていた鋼鉄の塔が音を立てて倒れ始めたのだ。

あ、と思う間もなかった。

猫がナナミを突き飛ばすように飛びかかったのと、巨大な機械が轟音《ごうおん》とともに転倒するのが同時だった。

凄まじい地響きと、目も開けられない粉塵《ふんじん》、そして熱風。

濛々《もうもう》たる煙の中で、床に突き倒されたナナミは、すぐには動けなかった。床に打ち付けた左肩を押さえ、咳《せ》き込みながら、それでもなんとか手をついて上体を起こした。すぐに頭をぶつけたのは、数センチ頭上に鉄骨が横たわっていたからだ。ナナミは慄然として息を呑んだ。立っていたら、直撃を受けていたに違いない。

——体は動く……。

混乱した頭で、それだけは確認して周りを見回せば、鉄骨と歯車の間に挟まれた狭い空間に、ぐったりとトラネコが横たわっているのが見えた。

ナナミは無我夢中で近づこうとするが、それも容易ではない。半壊した機械の隙間に潜り込むようにして、何とか猫ににじり寄る。鉄も鋼も、炎で熱を持ち始めていたが、熱さも痛みも感じない。

「どうして……ねえ、目を開けて……！」

ようやく胸に抱え上げた猫は、力なく横たわるばかりだ。焼けた鉄材の一撃をくらったのだろう。横っ腹が大きく赤黒く焼け焦げていた。

「目を開けて、お願い！」

「慌てるな……」

ナナミの悲鳴に、猫の弱々しい声が応じた。

「生きてる？」

「生きてるとも。少なくとも今のところはな……」

ユーモアにしてもひどい返事だった。猫の震える声が続く。

「ここにいては……どうなるかわからん。早く逃げるんだ」

「あなたを置いていけるわけないじゃない」

「しかし……この中を、猫を抱いたまま移動するのは、難儀だろう」

猫が翡翠の目を薄く開いて辺りを見回した。

視界はすべて無数の機械で埋まっている。立ち上がれるような空間はなく、入り乱れた歯車や鉄骨の間になんとか通れる隙間が見えるくらいだ。しかもあちこちにくすぶる炎が見え、どす黒い煙も流れてくる。

「早く行きたまえ……」

「置いていけるわけない」

「嬉しい言葉だ。だがその言葉が、絶望から出てきたものなら願い下げだ」

「だって、こんなことになってるのに……」

「大丈夫だ」

猫が薄く笑った。言うまでもなく、ナナミがいつも猫に向かって言ってきた台詞だった。

ナナミも強引に笑い返そうとして失敗した。

「なんで、そんなこと言えるの……どうしたらいいか全然わからないのに」

「根拠などない」

弱々しく猫が告げた。

「根拠はなくても、希望はよみがえる……」

はっとナナミは目を見張った。

「そういうものだろう?」

猫はかすかに笑ったが、すぐにぐったりと気を失ってしまった。

ナナミはむやみに呼びかけようとはしなかった。猫がかすかに息をしていることを確認し、もう一度胸に抱きかかえた。辺りを必死で見回したが、助けてくれる誰かがいるわけではない。出口の方向さえもわからない。ただ見えるのは、鉄と煙と炎だけだ。

熱で頭が熱くなった。

煙で痛くなる目をぬぐえば、手の甲に真っ黒な煤がつく。きっと顔中、煤だらけになっているに違いない。

なんとか猫を抱えたまま、鉄骨の下を這《は》いずって動くと、すぐに行き止まりになり、反対側に動けば、炎が先回りして行く手を塞いだ。

「希望はよみがえる」

胸の中にある言葉を、ナナミは声に出してつぶやいた。消し飛びそうになる希望のかけらを、猫と一緒に必死で胸に抱きしめて、懸命に出口を探し続けた。

「希望はよみがえる……」

掠れた声で繰り返す。

少しでも前へ、進める場所を探しては、行き止まりにぶつかり、別の出口を探して動く。

向きを変えるたびに輝きかけた希望がゆっくりと潰《つい》えていく。

足下から、重たく冷たい絶望が忍び寄ってくる。

——希望はよみがえる……。

いつからだろうか。気がつけば、視界の片隅で、一匹の色鮮やかな蝶《ちょう》が舞っていた。赤や青や黄のあでやかな色彩に溢れた美しい蝶だ。熱風と黒煙のただ中で、七色の宝石が舞を舞っている。なぜこんな所に、とは思わなかった。幻覚だとも思わなかった。ただその蝶の姿を見るとくじけそうになる心が不思議なほど落ち着いて、ナナミは黙々と動き続けることができた。

蝶を追うようにして、鉄骨をくぐり、折れた鉄柱の間に体を押し込み、炎をかわして、ナナミは出口を探す。いつのまにか輝く蝶が見えなくなっても、動きを止めなかった。

どこかで轟音が鳴り響いた。城が崩れ始めているのだ。出口が塞がれるという恐怖と戦いながら、なおも進んでいったが、そこもまた無数の歯車が積み重なって通れる隙間はない。

出口がない……。

猫を胸に抱いたまま、唇を噛みしめた。こみ上げてきた涙を、強引に飲み下したその時、ふいに小さな黒い影がナナミの目の前に走り込んできた。

鉄と鋼と炎の間を器用に駆け抜けてきたそれは、ナナミの前まで来てぴたりと立ち止まった。今度は蝶ではなかった。一匹の小さなねずみだった。

ナナミが息をつめたのは、ねずみに驚いたからではない。ちょっと緑がかった毛並みの、眠そうな顔をした一匹の野ねずみに、ナナミは見覚えがあったのだ。

ねずみはまるでナナミが呼ぶのを待っているかのように、こちらを見つめ返していた。ナナミの胸に、ふわりと温かなものが広がった。

「君は……」

ねずみが微笑《ほほえ》んだ。

「君はもしかして、詩人の野ねずみ？」

ねずみはちょっと照れたような顔で立ち上がると、手を胸にあてて丁寧に辞儀をした。その仕草さえ、ナナミはよく知っていた。

ねずみは胸に当てた左手を、そっと右の方に向けて頷く。

「あっち？」

また頷く。

「ここを出られる場所があるの？」

ナナミが言い終える前に、ねずみはするりと走り出し、示した先の鉄材の間を器用に飛び越えて見えなくなった。ナナミは猫を抱いたまま、あとを追いかけた。

そこにはまだ炎は回っておらず、ナナミが通れそうな隙間がある。間を縫ってなんとか先へ進む。今にも崩れそうな瓦礫《がれき》の間に潜り、崩れそうな希望を支えて、どれほど進んだのか。急に立ち上がれるくらいに周りが広くなった。

鋼鉄の迷路から抜け出たのだ。辺り一面、倒れた柱や崩れた石壁で、ひどい有り様だが、ここまでは火の手が回っていない。一瞬どこに出たのかわからなかったが、すぐ足下に粉々に砕け散ったシャンデリアの残骸を見て、気がついた。

「『将軍の間』だ……」

そんなつぶやきに応えるように、ふいに前方に点々と柔らかな光が灯った。

瓦礫の中で、まるで出口を教える道標《みちしるべ》のように、舟を導く灯台のように、いくつもの本が優しく輝いていた。傾いた石台の上の『海底二万マイル』、崩れたレンガに埋もれかけた『宝島』、表紙がなかば千切れかけている『白鯨』……。

光を目で追っていった先に、半壊した大扉が見えた。小柄なナナミなら、猫を抱いたままでも何とか出られそうな空間がある。

ナナミは猫を抱え直して歩き出した。シャンデリアの破片を避け、レンガを蹴飛ばし、瓦礫を登る。崩れかけた出口をくぐろうとしたナナミは、そこで動きを止めると、広間を振り返って、まだ淡い光を発している本を見渡した。

「ありがとう」

小さく告げると同時に、目の前の隙間に潜り込んだ。

その向こうはもう広間の外だ。

ようやく正面の大きな通路に出たナナミに、しかし休息の暇は与えられなかった。王城の入り口に、灰色の顔の兵士たちが集まり始めていたのだ。正面階段を上ってくるだけではない。柱の後ろや、側廊の小さな階段からも、続々と集まってきている。城外もまた火に包まれようとしているのに、そんなことには目もくれず、さかんに城内を動き回っている。

ふいに兵士のひとりが、瓦礫のそばに立つナナミに気がついた。

兵士が警告の声を上げるのと、銃を構えるのが同時だった。のみならず、ナナミがそばの瓦礫の陰に飛び込むのと、鋭い発砲音が鳴り響くのも同時だった。一発に続いて次々と銃声が響き、レンガが弾《はじ》け、小石が飛び散る。

「隠れているぞ」

「王の命令だ。捕まえろ」

感情の欠落した冷然たる声があちこちから上がり、天井の高い空間にこだまして、八方からナナミを包み込んでくる。

ナナミは動けない。猫を抱きしめたまま、縮こまるしかない。相手の数は多く、鉄砲まで持っている。無闇に駆け出して、どうにかなるとは思えない。

——希望はよみがえる……。

猫を抱いたままナナミは、祈るようにその言葉を繰り返した。

兵士たちの足音が迫ってくる。

あの『宰相の間』で次々と本を吐き出していた製本機の動きを彷彿《ほうふつ》させる、整然とリズムを刻むような足音が、確実にナナミに近づいてくる。

——希望はよみがえる……。

救いを求めるように高い天井を振り仰いだナナミは、そのまま声もなく凍りついた。視界の中に、ぬっと灰色の顔が割り込んできたのだ。

「見つけた」

灰色の兵士の、灰色の声が耳を打った。

兵士は機械のような無駄のない動きで銃口をナナミに向けた。その動作が、妙にゆっくりと見えたのは気のせいか。ナナミは猫を胸に抱いたまま、堅く目を閉じた。

甲高い炸裂音が響き渡った。

一発ではなかった。

次々と銃声が響き、一瞬遅れてどさりと重たい音がした。

そっと目をあけて、ナナミは息を呑んだ。目の前に灰色の男が倒れていたのだ。入れ替わるようにナナミの前に、長剣を携えた背の高い男が姿を見せた。呆気にとられているナナミの前で、男は剣を腰におさめると、優雅に膝をつき、切れのある微笑をひらめかせた。

「ご無事で？」

そんな短い一言の間にも、次々と数人の男たちが駆け寄ってきて、ナナミを守るように取り囲んだ。

灰色の兵士たちではない。色鮮やかな青い服を着た男たちだ。腰のベルトに剣をさし、右手にマスケット銃を持っている。海のように青い衣服の胸元には、美しい白十字が縫い取られている。その意匠に、ナナミは見覚えがあった。あり得ないことでありながら、確かにナナミはその紋章を知っていた。

「銃士隊……」

つぶやくナナミに、男は微笑のまま頷いた。

剣と銃で武装しているが、野卑な空気は微塵もなく、洗練された動作と洒脱《しゃだつ》な笑みが印象的だ。

「間に合いましたな。なによりです」

その銃士はしかし、すぐに王城の入り口に鋭い目を向けた。赤い絨毯の向こうに、新たな兵士の一団が姿を現したのだ。

「ポルトス！」

鋭い男の声に、後ろに立っていた巨漢が答えた。

「承知している。銃士隊、二列横隊！」

巨漢の、辺りを圧する大音声《だいおんじょう》が響けば、周囲にいた銃士たちが素早く隊列を組み、整然と銃を構えた。男が振り上げた太い腕を振り下ろすと同時に、十丁を超えるマスケット銃が一斉に咆吼《ほうこう》し、上ってきたばかりの灰色の兵士たちをなぎ払うように撃ち倒す。

「怪我《けが》はありませんね、ナナミ」

背後の激戦には目もくれず、長身の銃士は悠然とナナミに語りかけた。

「遅くなって申し訳ない。なんとか間に合ったようだ」

「私を知ってるの？」

「もちろん。あなたを助け出すために来たのですから」

「私を？」

ふいに鋭い風切り音がして、男の頬を弾丸がかすめた。再び男が振り返った先で、銃士がひとり、声もなく撃ち倒されるのが見えた。

王城の入り口に、また新たな灰色の兵士たちが現れたのだ。銃士たちは、柱や瓦礫の陰に隠れて応戦しているが、いかんせん相手の数が多い。

「ポルトス、なんとかならないのか」

「無茶を言うな。ひでえ数なんだ！」

下がってきた巨漢の銃士は、ナナミのそばに身をかがめ、すばやくマスケット銃に弾をこめながら、舌打ちした。

「数が多い上に、無闇に進んでくる。よほど的になりたいらしい」

「ぼやくな、ポルトス。今しばらくの辛抱だ」

「わかってはいるが、長くは持たんな。アトスめ、何をもたもたやってるんだ」

巨漢が瓦礫の隙間から発砲している間にも、またひとり、柱の陰にいた銃士が倒された。

ナナミは身じろぎもできず、声も出ない。

そんな状況でも、しかし目の前の銃士は、優雅な笑みを崩さなかった。

「聞いてのとおりです、ナナミ、勇猛果敢なるポルトス卿の奮戦をもってしても、敵兵を抑えきれないらしい。いつまでもここにいてはいけない」

銃士は白い人差し指を、左の側廊に向けた。柱の向こうに小さならせん階段が見える。

「行ってください。ここは我々が食い止める」

「そんな……」

ナナミは大きく首を振った。

「みんなを置いていけない。私を助けに来てくれたのに……」

「なんと健気《けなげ》な返答だ。駆けつけた甲斐《かい》があったというものです」

銃士は、おどけた笑みさえ浮かべながら、

「我々のことなら心配いらない。あなたさえ無事なら、我々はけして倒れない」

「私が?」

「そう。王の狙いはあなたです。これはつまり、我々に対する挑戦状だ。突きつけられた挑戦状は、ばらばらに切り刻んでお返しするのが銃士隊の流儀です」

銃弾が飛び交う中にあって、どこまでも恬然《てんぜん》と構えて動じない。危難が去ったわけではない。危難に屈することを知らないだけだ。

「でも……」

ナナミは懸命に言葉を探す。

「でも私のために来てくれたのに、私だけ逃げ出すなんて……」

「逃げ出すんじゃない」

ふいに巨漢が話に割り込んできた。

濃い口ひげの下に、不敵な笑みを浮かべている。

「この優男が言っている通りだ。お前さんは絶対にこの城から脱出しなきゃいけない。そのために俺たちはここに来た」

「優男は余計だな。紳士の礼儀と言ってくれたまえ」

不快げに眉を寄せる優男に、巨漢が鼻で笑って応じる。

「何が紳士だ。見境のないただの女好きだろうが」

「いい度胸だ、ポルトス。この一戦が終わりしだい、君の頭を撃ち抜くことにしよう」

「そんな無駄弾があるなら、こっちによこせ。じき弾切れなんだ」

軽快に毒舌を交わしながら、二人は無駄のない動きで弾を込め、次々と撃ち返している。

ナナミは返す言葉を持たなかった。何が起こっているかを理解することは難しい。けれども、何か大きな力が自分を守ろうとしてくれていることだけは確かだった。

溢れそうになる涙を、ナナミは必死に押しとどめた。泣いている場合ではなかった。その代わりに、ナナミは胸元の猫を抱き直し、ふたりの銃士に深く頭を下げた。

満足げに笑う長身の銃士の後ろで、巨漢がマスケット銃を放り捨て、腰の長剣を引き抜いた。周りで応戦していた銃士たちも、次々とそれにならって銃を捨て、抜剣した。見回せば、誰もが剣を片手にしたまま、見送るような柔らかな笑みをナナミに向けている。

「行ってください、ナナミ」

さりげないその一言とともに、銃士がナナミの背を押した。

ナナミが瓦礫の陰から飛び出すと同時に、銃士たちも、その背中を守るように一斉に物陰から飛び出した。

駆け出したナナミの背後で、立て続けに鳴り響いた銃声は、たちまち激しい剣戟《けんげき》の音にとってかわる。視界の片隅で、誰かが倒れる姿が見えたが、振り返りはしなかった。

脇目も振らず側廊を駆け抜け、その先にあるらせん階段に飛び込んだ。迷いがなかったのは、その階段に見覚えがあったからだ。最初にこの城に来たときに上った場所だ。城の規模は変わったが、記憶ははっきりと残っている。あのときは目の前を猫が走っていた。今は腕の中にいる。

――希望はよみがえる。

ナナミは呪文のように唱えながら、ありったけの力を込めて階段を上った。

一瞬、ひゅっと乾いた音が喉の奥で聞こえた。

ぞっとするような寒気がナナミの首筋を駆け抜けた。

鉄骨をくぐり、瓦礫を乗り越え、銃弾をかいくぐって全力疾走をしているのだ。体が無事で済むはずはない。しかしここで喘息が出れば、走るどころではなくなってしまう。

――希望はよみがえる。

ふいに下方から、足音が聞こえてきた。威圧的で整然たる靴音が、一段一段を呑み込むように近づいてくる。無論、銃士隊の足音ではない。

怖いのか、悲しいのか、苦しいのか、それさえ今のナナミにはわからなかった。

胸の異音はじわじわと広まっていく。息が吸いにくくなり、呼吸が乱れ、階段を上る足が確実に重くなる。

――希望はよみがえる……。

ナナミの足が、階段の途中で止まった。諦めたのではない。猫を抱いたまま、片手でポケットから吸入瓶を取り出した。口元に当てようとしたところで、しかし震える手からそれが滑り落ちた。石段の上を、硬い音を立てながら大事な小瓶が転がり落ちていく。

すっと血の気が引いた。

喉を締め付けるような苦痛が、一気に膨らんだ。

――希望は……。

先が続かなかった。

全身から力が抜けていった。

「諦めるな」

ふいに頭上から、鋭い声が届いた。

はっとして顔を上げてナナミは、思わず息を止めた。数段先に、灰色の顔の兵士が立っていたのだ。

灰色の額と頬、どこまでも特徴のない平凡な顔立ち、そしてガラス玉のような目。

あの不気味な特徴がすべてそろっていながら、しかし、ナナミの胸を不思議な直感が駆け抜けた。自分を追いかけてきた兵士たちと、目の前の兵士は、何かが違うと感じたのだ。

兵士の血の気のない唇が動いた。

「諦めるのはまだ早い」

兵士は無表情のまま右手を差し出した。ほとんど引き寄せられるようにその手を握ると、力強く引き上げられた。そのまま上へ導きながら兵士が淡々とした口調で告げる。

「ここでは心の力がもっとも強い。喘息を引き起こすのは全力疾走ではない。不安と絶望だ」

その言葉が終わらないうちに、突然、熱風と煙がナナミの頬に吹き付けた。城壁の上に出たのだ。辺り一面に火の粉が舞っている。

城壁の下に目を向ければ、多くの兵士たちが蟻《あり》のように集まってきているのが見える。王の命令なのだろう。炎の中で、逃げだしもせず、ナナミひとりを追いかけてくるつもりだ。

王城正面の階段は、行進する灰色の兵士で溢れかえっていた。

「銃士隊の人たちは……」

「彼らなら心配ない。今も下で踏ん張っている」

落ち着き払った声で兵士が答えた。

「それよりも、もう一度、走れるかね?」

静かに問う相手は、どこからどう見ても、山のようにいるあの灰色の兵士たちと同じ姿だ。

茫然としているナナミに、兵士が続ける。

「わかるだろう。君にならわ。出口がどこにあるか」

ナナミは、はっとして城壁の先に目を向けた。城壁上は、舌なめずりするように炎が舞い踊り、視界はしばしば真っ赤に染まる。しかし炎の狭間に、ときおり小さな尖塔が垣間見《かいまみ》えた。最初にここに来たときに、猫と一緒に無我夢中で飛び込んだ場所だ。

「あの塔……」

「そうだ。塔の中の扉だ。道がある」

「でも火に包まれてる……？」

そんな会話を断ち切るように、階段の下から灰色の兵士たちが上ってきた。ナナミと話していた兵士は、くるりと身を翻すと、階段上に立ちはだかり、突き進んできた先頭の一人に肘打ちを当て鮮やかな体術でその体を階段下に投げ落とした。あとから続く十数人が、悲鳴を上げながら、まとめて階下へ転がり落ちていく。

再び落ち着いた声が聞こえた。

「時間は稼ぐ。あとは君が、この炎と煙の中を走り抜けることができるかだけだ」

落ち着いているだけでなく、力のある声だ。

その声と冷たい仮面のような顔とが、なかなか結びつかない。

「あなたはどうするの？」

「僕まで一緒に行っては、ここで奴らを食い止める者がいなくなる。この狭い階段なら、しばらくは大丈夫」

「でもあなたを置いていけない。もうこれ以上、誰も傷ついて欲しくない」

兵士はちょっと驚いた顔をした。

「私のためにみんなが戦ってるのに、私だけなんて……」

「やはり君は優しいね、ナナミ。絶対にここを脱出しないといけないよ」

「あなたも私のこと知ってるんだ。あなたは誰？　一緒に行きたい」

猫を抱きしめたまま叫ぶナナミに、返ってきたのは穏やかな声だ。

「大丈夫だ。僕は倒れない。銃士隊はもちろん、そのふてぶてしい猫も大丈夫。君さえ無事にここを脱出してくれれば、僕らは絶対に滅びない」

そう言いながら、不思議な兵士はナナミの、煤と砂にまみれた髪をそっと撫でた。

「ろくでもない王様だ。君のような素敵なお嬢さんを、こんなひどい目に遭わせるなんて」

「私……」

ナナミは上擦った声を上げた。

「わたし……あなたを知ってる」

再びナナミの声を遮るように、城壁の下から何発もの銃声が鳴り響いた。兵士が素早くナナミの体を包んで伏せさせた。

なお銃声が続く中、石壁に隠れて膝をついたまま、ナナミは、目の前の灰色の顔に目を向けた。胸の内に浮かんだ言葉は、あまりに明るく眩しかった。だからナナミは、大切なものをそっと掬いあげるように、小さくささやいた。

「あなたは、変装の名人……」

兵士が軽く眉を動かして、ナナミを見返した。

「どんなところにも忍び込んで、困っている人を必ず助けてくれる怪盗紳士」

その兵士は小さく肩をすくめてから、にやりと笑った。あの冷たい無表情が嘘のように、おどけた邪気のない笑みに変わっていた。

「こいつは参った。ナナミはとんだ名探偵だ」

再び階段から灰色の兵士たちが駆け上がってきた。突き出された銃剣をひょいとかわした怪盗は、銃をつかんで軽々とねじり上げ、かえす銃床でしたたかに相手の胸を打ち据えた。また数人が悲鳴を上げて階下に転げ落ちていく。

「これではキリがない」

軽く肩の埃を払いつつ、ぼやくようにつぶやいてから、「だがしかし」と城壁の下を覗き込んだ。

「どうやらようやく本隊の到着らしい」

奪い取ったマスケット銃を城壁の外へ放り捨てながら、怪盗はナナミに下を見るようにうながした。

中央の広場に、たくさんの灰色の兵士が群がっていた。そこに、城壁の外から馬にのった一団が問答無用で飛び込んできたのだ。統率のとれた縦列のままで広場になだれ込み、一斉に銃声を響かせると、猛然と剣を抜いて灰色の兵士たちに躍りかかっていく。集まっていた兵士たちは、たちまちパニックに陥って大混乱だ。

見回すナナミの目に、燦然《さんぜん》と翻る美しい旗が見えた。

青地に白十字の、あの旗だ。

「あれって……」

声が続かなかった。

本の中では何度も目にした美しい旗だった。美しいだけでなく、誇りと勇気に彩られた輝かしい旗だ。

怪盗は、額に手をかざして愉快げに目を細めた。

「ようやく銃士隊の本隊が到着だよ。それにしてもナナミは人気者だ。ずいぶんな数が集まってきたじゃないか」

示されるままに背後を見れば、城壁の外からは、続々と十字の旗が駆けつけてくる。旗を掲げた集団は、一隊、二隊と猛然と城内に飛び込んでくる。大軍とは言えなくても、選《え》りすぐりの精鋭だ。突貫を受けた灰色の一団は、持ちこたえられずに崩れていく。

しかし灰色の兵団も、そのまま崩壊には至らない。数が圧倒的に多いからだ。倒れても倒れても、城のあちこちから際限なく現れ、機械のごとく整然と戦場に進んでいく。

城内のあちこちで、激戦が始まっていた。

「さて」と怪盗がナナミの肩に手を置いた。

「あとは君の出番だ。奴らはいくらでも湧いてくる。銃士隊も無限に戦えるわけじゃない」

「でも、みんなを置いていくの?」

「そうじゃない」

怪盗紳士はゆったりと首を振った。

「みんなのために、君が道を切り開くんだ」

ひゅっと、耳元を弾丸がかすめたのも、ナナミは気にかけなかった。

なすべきことはわかっていた。わかっていても、すぐには足が動かなかった。溢れ出る感情を止められず、言葉が出てこなかった。

ようやく口にしようとした一言を、怪盗が人差し指を立てて遮った。

「感謝はいらない。そいつは僕らの台詞なんだ」

言われた通り、ナナミは口をつぐんだ。

そうして火に包まれた城壁に向き直った。

燃えさかる炎、踊り狂う黒い煙、崩れかけた足場と、その向こうにかすかに見える塔。

凄まじい光景に、恐怖がないと言えば嘘になる。

けれどもナナミの足は、すくんでいない。

ここまでひとりで来たわけではないのだ。

すぐ背後の階段から、またあの不気味な足音が聞こえてきた。

「さあ行くんだ、ナナミ」

力強い声が響いた。

「全速力で走れ！」

ナナミは胸元に猫を抱いたまま、炎の中に飛び込んだ。


いつのまにか雨はやんだようだった。

雲の切れ間から柔らかな月明かりが落ちてきて、図書館前のピロティには、光と影がくっきりとした濃淡を刻んでいた。風がないのだろう。路上の水たまりは、さざ波ひとつなく、月明かりを受けて黄金色に輝いている。見れば、雨樋の下や花壇の脇にも小さな水たまりがいくつもあり、それぞれが月明かりを反射して、奇特な素封家が、気まぐれに金貨を振りまいていったかのように眩《まばゆ》い。

父の軽自動車は来た時と同じ場所に止まっていたが、静寂と光に包まれて、別の世界に戻ってきたかのようにナナミには思われた。

両手で胸元の大切な物を抱きしめたまま、ナナミはそっと背後を振り返る。と同時に、今歩いてきたばかりの青白い光の道は、日差しを受けた朝露のように消えていく。あとには、何の変哲もない閉ざされたガラス扉が立ち塞がるばかりだ。

「ナナミ」

父の声が聞こえて、ナナミは自動車の方を振り返った。

長い時間がかかったのか、それともあっという間だったのかはわからない。ただ、出発したときと同じように、車の横に誠一郎が立っていた。

「ナナミ、大丈夫か?」

ほとんど駆け寄るように近づいてくる父に、ナナミはゆっくりと頷いた。

「けがはないか?　喘息は?」

早口で質問を重ねながら、父は大きな腕でナナミを抱きとめてくれる。ナナミ自身はなんともなかった。あの猛火の中を駆け抜けてきたことが嘘のように、体も服も何も変わっていなかった。

ただ、変わっていたのは、腕の中の大切な物だ。

「父さん……」

声とともに、ナナミが胸元に抱いた物を見せると、誠一郎も目を見張った。

一冊の本だった。

古い古い絵本だった。

ただ古いだけでなく、あちこちに焦げたあとがあり、黒く煤け、端の方は破れていた。それでも表紙の絵ははっきりと見て取れた。翡翠色の目をした一匹の猫が、ふてぶてしい顔でこちらを見返していた。

「この本は?」

「気づいたら、腕の中にあった……」

「こいつは……」

ちょっと驚いたような顔をした父は、懐かしげにつぶやいた。

「覚えているか? 昔お前に買ってあげた絵本だよ。お前はとても気に入っていた……。いつのまにか、なくなってしまったと思っていたんだが」

「覚えてる。何度もページをめくったあともある」

誠一郎は真剣な目を本に向けたまま、しばし動かなかった。

なお沈黙を置いてから、娘の肩に手を置いて顔を覗き込んだ。

「何があったか、ちゃんと話してくれるか?」

「話しても、多分父さんは信じない」

「そりゃ、そうだろうな」

意外な返事に、ナナミは父を見返した。

誠一郎は静かに笑っていた。

「それでも話してくれないか、お前が大事な絵本を、どこでどうやって見つけてきたのか？　海底旅行に行ってきたのか、月の裏側に行ってきたのか。それとも、何光年も離れたシリウスまで旅してきたのか。どんな話だって聞くつもりだが、ちゃんと話してくれることが条件だ」

ゆったりとした微笑と声は、ナナミに多くの記憶を呼び起こした。

一緒に図書館に通っていたときには、よくこの笑顔が見守っていてくれた。この深みのある声で、ネモ船長の冒険譚《たん》や、巌窟王《がんくつおう》の大活躍について、尽きることなく話をしてくれたものだ。あの窓際の席の、空から差し込む明るい日差しさえ、目に浮かぶようだった。

ナナミの目に涙が溢れていた。今度こそ留めることができないまま、それは頰をつたって次々と流れ落ちた。

「おいおい、こんな所で泣くんじゃない」

父が、いくらかおどけた調子で言った。

そのまま月明かりに輝く水たまりの方に目を向けて、困ったように頭を掻いた。

「父さんまで泣きたくなるじゃないか」

優しい声が、夜の静寂に溶けていった。

第四章　問いかける者

ふいの粉雪が、町をやわらかに包んでいた。

十二月もなかばである。例年に比べればいささか遅い初雪に、町はどことなく華やいで、町を歩く人の数も多い。小道に入れば、少年たちがはしゃいで駆け回っている。積もるほどの降り方ではないから雪合戦というわけにはいかないが、それでも雪は楽しいらしい。

「なんだか、外が明るいですね」

ナナミの言葉に、勘定台でレジを打っていた林太郎が顔を上げた。

「不思議だね。雪っていうと寒くて厳しいイメージがあるけど、妙に明るくて、ときには暖かく感じることだってある」

そんなことを言いながら、手際よくレジのキーを叩いている。ちょうど先ほど客が一人来て、本を買っていったところであった。『論語』の二字だけが書かれた古色を帯びた薄い本と、金の箔押《はくお》しの箱に入った『金枝篇《きんしへん》』の二冊を買っていった年配の紳士は、どこかの偉い学者さんであろうかと、ナナミは興味深く見送ったばかりである。

「紅茶飲む？」

そんな言葉にナナミが頷けば、林太郎はそばのストーブにポットを置いて湯を沸かし始めた。この小さなストーブも、今日火が灯ったばかりだ。ナナミはそれをそばの椅子に座って見つめている。

書店の中は、ストーブのちりちりちりという音と、ときどき店の前を走って過ぎていく子供の歓声が聞こえるくらいだ。

「今日も夕方には、お父さんが迎えに来るんだっけ？」

すぐ後ろの戸棚からティーカップを取り出しながら、林太郎が問う。

ナナミは首を振りながら、

「今日は電車で帰るつもりです。帰りには図書館に返す本もあるから」

「いいのかい？」

「もう中学生なのに、電車も満足に乗れないんじゃ困ると思って。父さんに説明したら許してくれた。何かあったら、必ず周りの人に助けてもらいなさいって言われたけど」

「そうか」

林太郎はカップを並べつつ、

「お父さんも理解してくれてるのかな？」

「うん、全部じゃないけど……。思ったより全然普通」

ナナミは自分の言葉に自分でおかしくなって笑った。


あの夜の図書館から帰ってきた日、ナナミは大切な絵本を書棚の隅に収めてから、話せる限りのことを父に話したのだ。もちろん、本当に怖い目に遭った部分は、かなり大幅に省略して、無邪気な子供の冒険譚のように加工することは忘れなかった。そういうことなら、ナナミも得意であった。

誠一郎は、呆れたような、驚いたような、怒ったような、様々な表情を見せていたが、最後の最後には、困惑顔でため息をついていた。

『こいつは私には難しすぎる話だな……』

眉間のあたりを指先で押さえながら、

『母さんがいてくれれば、いろいろ相談できたんだが』

寂寥《せきりよう》と感傷とユーモアと、様々な感情が重なった苦笑がにじんでいた。

そのあとの時間を、誠一郎は、細かいことを問い詰めるのではなく、いくつかの約束を取り決めることに費やした。

困ったときには必ず父に相談すること。ひとりで危ない行動はとらないこと。その代わり、父はもう少し仕事を減らし、家で過ごせる時間を増やすことを約束してくれた。仕事は大丈夫と言

えるわけではない。けれども……、

『優先順位を少し間違えていたのかもしれない』

そんな言葉を交えながら、冷静に、建設的に、忍耐強く話を組み立てていくその姿を、ナナミは黙って見つめていた。

一通り話を終えて最後に、父は面白がるような目を娘に向けた。

『あとは、お前をその夏木書店に、ときどき送ってやればいいのか？』

意外な提案だった。

一瞬遅れて、ナナミは嬉しさのあまり飛び上がるように立ち上がり、膝をしたたかに机にぶつけていたのである。

すでに『ルパン全集』は図書館にすべて返していた。羽村老人の話によると、一通り調べたところで、なくなった本はなさそうだということだ。

『ここは図書館だからな。本はあったりなかったりだ』

皮肉なのか、独り言なのか、いずれにしても老司書のそんな言葉を黙って聞き流すことは、ナナミにとって苦痛でもなんでもない。

色々なことが少しずつ変わり始めていた。おそらく前に進み始めていたのである。

「どうぞ」

林太郎が淹れたての紅茶を勧めてくれた。

美しい陶器のティーカップが、ストーブの火を受けて輝いていた。そっと手に取りつつも、ナナミの頭には、さまざまな想念が脈絡もなく通り過ぎていく。

巨大な城、揺れる炎、倒れる鋼鉄の機械、そして、その向こうに立つ一人の男。

「また、思い出しているのかい?」

「つい、いろいろ考えてしまうんです。すごく怖かったのに、とても大切なものに出会ったような気がして……」

林太郎はティーカップを持ち上げたまま、柔らかく遮った。

「急いで言葉にする必要はないんじゃないかな。君は王との賭けに勝った。今はそれだけでいいのかもしれない。君はちゃんと帰ってきたんだ。だからこそ、失われていた本も戻ってきたんだろう」

「そうですね。でも……」

ナナミはカップの中に広がる紅茶の波紋を見つめたまま続けた。

「『増殖する者』……とても変な言葉です。そして不気味な言葉」

林太郎が眼鏡の奥の目を少し細めた。

「唯一、自然の法則に従わない者。灰色の王はそう言ったんだね」

「何か心当たりがあるんですか?」

「心当たりというほどではないんだが……」

少し言いよどんでから、林太郎は慎重に言葉を選ぶように続けた。

「世界のあらゆる物は、時間とともに必ず朽ちていく。鉄は錆《さ》び、リンゴは腐り、生き物も老いていくように――。手を加えなければ、巨大な城壁も崩れていくし、人の心の力でさえ時の流れには逆らえない。怒りも感動も哀しみさえも、いずれ忘却の波にさらわれていく」

「つまり、それが自然の法則？」

「もちろん視点の置き所によって、物の見え方はいくらでも変わる。けれど時と共に物が朽ちていくことは、ひとつの基本原則だと言っていい。でも人が作り出したものの中には、けして朽ちることがない物が存在するんだ。それどころか時とともに、確実に、ゆっくりと力を増していく存在がある。そこにあるだけで、確実に増えていくもの、つまり増殖していくもの」

ふいにナナミの脳裏に、あの巨大な城壁が思い浮かんだ。

行くたびに確実に大きくなっていった城だ。

「もし灰色の王が、僕が想像しているものなのだとすれば、ナナミはとてつもないものと向き合っていたことになる。増殖し、着実に大きくなりながら、今もなお多くの歪みを生み出し続けている存在だ」

「そんなものが本当にあるんですか？」

「ある」

静かに、しかしはっきりと林太郎は応じた。

なぜか短いその一言で、暖かな店の中の気温がふっと下がったようにナナミには感じられた。

「それって……」

「結論を急いではいけない」

林太郎はあくまで慎重だった。

「僕の想像が当たっているという根拠はない。それに、これについては、僕も知らないことが多いんだ。存在するだけで増えていくという性質は、それ自体に無理がある。結果として生まれた歪みを、何が埋め合わせているのかもよくわからない。いや、本当に埋め合わせがされているのかさえはっきりしない……」

途中から、林太郎はナナミに話しかけるというよりも、自分自身の考えをまとめるためにつぶやくような口調になっていた。

明るく灯るストーブの向こうで、そのままじっと考え込む林太郎を、ナナミは黙って見つめていた。

明確な答えを聞けたわけではない。けれども林太郎は、慎重で、思慮深く、答えを急がない。安易な言葉で、手早く物事を片付けたりはしない。そういう在り方を、ナナミは心強いと思う。

『言葉は望遠鏡のようなものだ』

いつか猫が言っていた言葉が思い出された。

『見たいものはよく見えるようになるが、それ以外はかえって見えなくなる』

確かにそうなのだろう。性急に言葉にすれば、かえって取り落としてしまうものが沢山出てくるに違いない。世界は、言葉で置き換えられるほど単純にはできていない。

「あれ、またお客さん？　珍しいね」

唐突に張りのある声が飛び込んできてナナミは、驚いて顔を上げた。

レジ机の後ろにある階段から、すらりと背の高いショートカットの女性が顔を出していた。

びっくりしているナナミに、すぐに林太郎が説明した。

「妻の沙夜《さよ》だよ、顔を合わせるのは初めてだっけ？」

ナナミは、呆気にとられて返事もできない。

わずかに間を置いてから、かろうじて「ツマ？」と妙に裏返った声を上げていた。

「翻訳の仕事をしていて、一ヶ月ほどヨーロッパに行っていたんだ。昨日帰ってきたばかりさ」

「林太郎さんて結婚してたんですか？」

あとで考えればずいぶん失礼な質問だったが、そのときのナナミはまったく余裕がなかったのだ。とりあえず自分の大声と、突拍子もない質問の両方に驚いて、慌てて口を閉じた。

「やっぱり意外？」

おかしそうに笑ったのは、女性の方だ。

「こんな古本屋さんに閉じこもっている根暗な店主に結婚相手がいるなんて、普通思わないよね」

「そんなんじゃありません」

ナナミが全力で首を振る間に、女性の方は通路に出てきて手を差し出した。

「夏木沙夜です、ナナミちゃんね。よろしく。話は林太郎から聞いてるよ」

目の前に差し出されたしなやかな手をナナミは慌てて握り返した。

「幸崎ナナミです」

「沙夜でいいからね」

軽やかに答えてから、机の上の林太郎のカップに手を伸ばし、ちょっと口をつけたが、「あちち」と慌てて口を離した。そんな動作さえ爽やかに見える。呆れ顔でたしなめる林太郎の声も、心なしか優しげだ。

沙夜は気にした様子もなく、カップを戻してナナミを顧みた。

「まずはいらっしゃいと言うところだけど、ひとつだけ注意事項を聞いておいて」

急な話に、ナナミも思わず表情を改める。

「林太郎に色々相談するのはいいけど、ほどほどにしないとダメ。この人は頼りになることもあるけど、考えすぎるところがあるから、一緒に付き合ってると、思考の迷路から出られなくなることだってある」

戸惑うナナミの前に、沙夜はしゃがんで少しだけ見上げるようにした。

「話は全部聞いてるの。あなたは、大変な場所に出かけていって、ちゃんと帰ってきた。そのことが一番大事。それ以外のことは、時間があなたに教えてくれる」

「時間？」

「そう。時間って大事だよ。紅茶だって冷めてしまえば美味しくないけど、慌ててカップに口をつけれぱ、火傷をするだけ」

沙夜がくすりと笑った。

「大事なことは、適温になるまで、のんびりと本棚でも眺めて待つこと」

沙夜の笑顔につられて、ナナミも思わず声を上げて笑った。

気取りも衒《てら》いもない沙夜の声には、その根底に、ナナミへの気遣いがしっかりと息づいている。

そういう語り方ができる人なのだ。

なんとなく、ナナミの目に、林太郎と沙夜という二人の関係が見えてくる。じっくり考える林太郎と、時によってはさっぱりと考えることをやめる沙夜という二人が、上手に綱引きをしながらこの小さな書店を動かしている。

「せっかくなんだから、林太郎のお勧め本を聞いて、何冊か借りていくといいよ。たまに、すっごい厄介なのを勧めるから要注意だけど」

ひどいな、とつぶやく林太郎など、沙夜はお構いなしだ。

ナナミは、温かな空気に誘われるように沙夜を見た。

「沙夜さんも、あの不思議な猫に会ったことがあるんですか?」

唐突な質問がなぜ出てきたのか、ナナミ自身もよくわからない。けれどもきっとそうなのだと感じたのだ。

沙夜の笑みが、ひときわ艶やかに輝いた。

「もちろん。ふてぶてしくて、理知的で、魅力的な猫ね」

「また私、会えると思いますか?」

ナナミはカップを握りしめたまま、軽く身を乗り出す。

「私、いろいろ振り回して、いっぱい迷惑かけたのに、ちゃんとお礼とか、お別れも言えなかったから」

沙夜がそれには答えずに背後を振り返ったのは、林太郎がおかしそうに笑っていたからだ。

「今、笑うところ？」

「いや、ごめん」

むっとした顔の妻に、林太郎は慌てて手を振りながら、

「でも昔、僕もナナミと同じ事をあいつに聞いたことがあったんだよ。また会えるかって」

「なんて言われたんですか？」

「よく覚えてる。『陳腐な台詞だ』って言われた」

ナナミは目を丸くする。

「こっちは真剣に聞いているのに、鼻で笑い飛ばされたんだ。ひどい奴だよ」

ひどいと言いながらも、林太郎は懐かしげに目を細めている。

ふっとナナミの脳裏を、猫の姿がよぎっていた。珍しく思い出話をしていたときの猫の顔だ。ある少年の話に触れたときの猫の優しげな横顔と、今の林太郎の表情が不思議なほど似ていると感じたのである。

「あいつは戻ってこないかもしれない。でも、それでいいんだよ。姿を見せなくなったからって、消えてしまったわけじゃない。ただ目的を果たしたってだけなんだ」

「目的？」

「真実はわからないさ。なにせ、あの気難しい猫は、いつもろくに説明をしなかった。猫としては可愛げがなさ過ぎるし、迷宮のガイドとしては間違いなく失格だ」

いずれにしても、とちょっと言葉を切ってから、林太郎は続けた。

「伝えたい思いがあるなら、心配しなくていい。きっともう伝わっているはずだよ」

ナナミはゆっくりと頷いて、それ以上問いを重ねなかった。この人たちは、明らかにナナミより多くのことを知っている人たちなのだ。

「大事なことは、目の前にあるどんなことも大切にすること」

口を開いたのは、沙夜である。

「どんなことも？」

「そう。人や物はもちろん、それだけじゃない。あらゆる事柄。言葉とか時間とか、もっと抽象的なものも……。どんなものにも、心は宿るの。あなたが大切にしたものには心が宿って、必ずあなたを守ってくれる。猫が来てくれたように」

沙夜の言葉のあとを、すぐに林太郎が継いだ。

「だからこそ気をつけないといけない。歪んだ心に触れ続けたものには、歪んだ心が宿る。悲しいことだけど、きっとそういうものなんだよ」

ナナミはもう一度大きく頷いた。

「覚えておきます」

沙夜が、優しく笑い返した。

ナナミは掌で包んでいたティーカップにそっと口をつけた。

アールグレイの心地よい香りが昇っていった。


淡い粉雪は、夕方になっても舞い続けていた。

大雪というわけではないが、歩道はかすかに白く染まっている。

家まで送ろうかと問うた林太郎に、ナナミは首を左右に振ってお礼だけ伝えた。少しずつひとりでできることを増やしたい、そんな思いが胸にある。

駅まで歩き、そこから電車に乗り、最寄りの駅で降りたら図書館へ寄って本を返す。それをこの雪の下でやる。普通の人にとっては、何の変哲もない日常であろうが、ナナミにとってはちょっとした冒険だ。

体調は悪くない。気分も悪くない。胸にはちゃんと吸入薬もある。あの迷宮で落としてしまった緊急用の吸入薬も、その後診療所でちゃんともらってきたから、ポケットに入っている。

小さな旅は準備万端だ。

ナナミは、粉雪の下に傘を広げ、ゆっくりと歩き出した。

駅では休みながら階段を上り下りし、電車では人が多くて驚いたが、ちゃんと立って最寄り駅まで帰ってきた。駅から図書館はそう遠くない。静かな住宅街を抜けて、無事夕方の図書館にたどり着いていた。

カウンターで本を返せば旅のゴールは目前だが、さすがに少し疲れて、ナナミは二階のいつもの席に足を運んで一休みした。あの灰色の城の中では、もっと元気に動けた気がしたが、現実と迷宮ではどうやら少しばかり勝手が違うらしい。

図書館の二階フロアは相変わらず静かで、今日は人影もない。こんな天気だから、というよりは、いつもの景色であろう。ときおり見かける老婦人も、今日は来ていないようだ。

窓辺から外へ目を向けると、住宅街の黒い屋根が少しずつ白く染まり始めて、夕方の五時だというのにほんのりと明るい。隣接する小学校のグラウンドには、何人かの子供たちが集まり、雪の中で歓声を上げて飛び回っている。このまま降り続けると、明日には雪だるまも作れるかもしれない。

「これは、やみそうにないか」

ナナミは肘をついたまま、分厚い雪雲を仰ぎ見た。

少しだけ書棚の間を歩いてきたが、特に変わったことはなかった。歯が抜けたようにぽつぽつと隙間のあった本棚も、多くがちゃんと埋まっていた。もちろん空いている場所もあったが、ハム爺も言った通り、図書館の本というものは、そこにあったりなかったりするものだ。

「これで良かったのかな……」

そんなつぶやきは、心の中にあるいくつかの引っ掛かりをひとまず片付けておくための掛け声のようなものだ。

沙夜の言うとおり、考えても答えの出ないことはたくさんある。美味しい紅茶を飲むためには、適温まで待つことだ。

「さて、どのタイミングで帰るか……」

雪がやんでくれれば帰りやすいが、どうやら今日はこのまま降り続けるらしい。あまり足場が悪くなると、歩くだけでも大変になってしまう。

どうしたものかと、何気なく館内を見回したナナミは、誰もいないと思ったフロアに、ひとりだけ人影を見つけて目を止めた。

背の高い男性が、エレベーター脇の自動販売機の前に立っていた。機械にコインを入れる乾いた金属音が、妙に甲高く聞こえるのは、それほどフロアが静かだということだろう。続いてペットボトルが取り出し口に落ちる重い音が鳴り響いた。

なぜかナナミは吸い寄せられるように、その背中を見つめていた。

男は左手でボトルを取り出し、右手でお釣りを取ると、ゆっくりと書棚と読書コーナーの間の通路を歩き出した。

ナナミは声も出なかった。

男は、灰色のスーツを着ていた。

同じ色の鳥打ち帽をかぶっていた。

そして、落ち着き払った足取りで、書棚の前を歩いていた。

文学、哲学、歴史……。

書棚の側面に貼られたパネルの前を順々に通り過ぎ、「経済」のパネルの前で、ナナミのいる読書コーナーの方に向きを変えた。

まっすぐ歩いてくるスーツの男を、ナナミは身じろぎもせず見つめていた。

机の向かい側まで来た男は、そこに紅茶のペットボトルを置いてから、頭の帽子を持ち上げた。

「空いているかね？」

見慣れた灰色の顔がそこにあった。

笑顔も怒りも苦痛もない、凍りついたように表情のない灰色の顔だった。

本の上で、ナナミは一度両手をきつく握りしめた。

それから右手をゆっくりと持ち上げて、椅子を示した。


灰色の王は、椅子を斜めに引くと腰を下ろし、ゆったりと脚を組んだ。

右手に握っていた数枚のコインを丁寧に卓上に並べてから、その手で紅茶のボトルをナナミの方に押し出した。

動かないナナミに、感情の欠落した目を向けて、

「君は、紅茶が好きではなかったかね？」

「時と場合によります」

なるほど、とつぶやいた王は、気にした様子もなく卓上のコインを指先で弄《もてあそ》んでいる。

「なぜここに？」

ナナミは短く問うた。

声は震えてはいなかった。身構えつつも、自分でも意外なほど冷静さを取り戻しつつあった。

これまで灰色の男と向き合った場所は、いつもあの灰色の城の中だった。『将軍の間』『宰相の間』『王の間』と景色は変わっても、威圧的で奇怪で空虚な空間だった。しかし今ナナミがいるのは、見慣れた図書館の中だ。いわばナナミにとっての城なのである。

窓の外では雪が舞い、その向こうからは子供たちの歓声が聞こえてくる。ありふれた日常にさりげなく紛れ込んできた非日常に、ナナミは正面から相対した。

「なぜかな」

王は窓外に目を向けた。

「私にもわからん。だが、あの炎の中から君は見事に脱出した。もう少し君について知りたいと思ったのかもしれん」

「あなたも無事だったのね。火の中にいたのに」

「私は滅びない」

投げ捨てるように王が言う。

「言ったはずだ。私は『増殖する者』」

パチンと硬い音がしたのは、王が左手の指で卓上のコインを持ち上げ、将棋でも指すように軽く机を打ったからだ。

「ひとつ聞かせてくれないか。どうやってあそこから脱出したのか？」

「それを確かめるためにここに？」

王は答えず、パチンとまた、コインで音を立てた。

「私は人間というものを良く知っている。人間は、巨大な欲望をかかえ、それを実現するために、驚くべき力を発揮する存在だ。人の最大の特徴は『知性』だと言う者もいるが、これは明らかに間違いだ。知性はたしかに技術を生み、発明をもたらしてくれる。だが真に知性のある者は、銃を作り出したとしても、同胞に向かって引き金を引くことはない。引き金を引かない態度こそ『知性』と呼ぶのだ。人間たちに知性が欠落していることは明白だ。だが勘違いしてはいけない。私はそれを欠点だとは思っていない。人間は、容赦なく他者を蹴落とし、同胞を撃ち殺し、果てしなく欲望を拡大させていく。いわばこの巨大な欲望こそ、人間の最大の武器なのだ。この力が、人を成長させ、発見させ、より巨大に、偉大な存在へと育ててくれる」

つぶやきながら、またコインを鳴らす。

「だがそれほど強力な人間も、一度不安と絶望に取り憑《つ》かれれば、驚くほどもろい存在だということも私は知っている。あの炎の中で孤立した人間は普通、生き残れない」

「あなたはずっとそういう人たちばかりを見てきたのね」

「私はいつもそういう場所に立っていたのだ」

ひときわ大きな音で、王はコインを机に打ち付けた。王は無表情であったが、甲高い音は、なぜか痛ましい悲鳴のようにナナミの耳に響いた。

ナナミにもようやくわかりかけていた。

王は何かを探してここに来たのだ。

かつてのように、一辺倒に自らを主張しようとしているのではない。歩むべき道を探してナナミのもとに来たのだ。この喘息持ちの、非力な、十三歳の少女のもとに、王は軽蔑でも、冷笑でもなく、問いを携えてきたのである。

ナナミは大きくひとつ深呼吸をしてから口を開いた。

「確かに、あなたの知っている人間には、あそこを抜け出すことは不可能だったかもしれない」

胸に浮かんだ言葉を、ほとんど無意識のうちにつかんで、机の上に置いていた。

王が無表情にナナミを見返す。

「私の知る人間?」

「あなたの言った通り、他者を顧みない人間はたしかに強い。平然と誰かを蹴落とすことができるし、迷いや、悩みとも縁がない。そういう人たちは、自分たちが間違っているかどうかを悩むことさえない。でも彼らは、あなたが言ったとおり、驚くほどもろい」

「なぜかね?」

「ひとりぼっちだから」

王は答えなかった。

「炎の中に取り残されたとき、誰も手を貸してはくれないから」

不思議だった。

ナナミの中に、自然に言葉が生まれていた。

論理的ではない。順序立ってもいない。ただ伝えたいと願うことで、雪が舞い降りてくるように、言葉がナナミの足下に静かに積もり始めていた。ナナミはただ、膝を折って両手でそっと掬い上げれば良かった。

「あの炎の中から抜け出すために必要だったのは、自由とか自分らしさじゃないし、知性とか欲望とかっていう難しいものでもない。もちろんマスケット銃でもなければ、油まみれの機械工場でもない」

「では、なんだ?」

「答えることは難しい。言葉で説明できるものではないから」

「本を読めとでも?」

王がガラス玉のような目を向けた。

ナナミは答えず、じっとその目を見返した。わずかも目をそらさなかった。

王は身じろぎもせずそのままでいたが、再び灰色の唇を動かした。

「本気でそう思っているのかね?」

王の声には、嘲笑も冷笑も含まれていなかった。だからナナミも真剣に答えた。

「本には、それに触れてきた沢山の人の心が力となって宿ってる。その力が、私をあの火の海から引き上げてくれた。私はただ、それを感じ取ることができただけ」

「難しいことだ。本の力は、人を無力にしてしまう。共感、同情、配慮……、そういった感情は、決断力を弱め、迷いを生じさせ、攻撃性を低下させる。つまりは人の可能性を狭め、成功を遠ざけてしまう」

「成功よりも、大事なことがある」

王の目は動かなかった。

「成功する必要がないって言っているんじゃない。成功より、もっと大事なことがあるって、本は教えてくれるの。困っている人がいたら手を差し伸べること、悩んでいる人がいれば耳を傾けてあげること、お金より大事なものがあること。そういった理屈では説明できないことを、教えてくれる。今は多分当たり前じゃなくなっているんだと思うけど、昔は当たり前だった。みんなが知っていた。本を読めば、すぐにわかる」

「だが君の言ったとおり、多くの人はもうそんなことは忘れている。それはつまりそんな思いが何の役にも立たないからではないのか」

「そんなことはない。とても大きな力をくれる」

「たとえば？」

「どんなところにも希望があることを教えてくれる。いつもひとりじゃないことを教えてくれる。炎の中だって走り抜けて、ちゃんと出口へたどり着けることを教えてくれる」

語るナナミの目に、ぺこりと頭をさげた小さな野ねずみが浮かんでいた。にやりと笑った大怪盗がいて、灰色の旗を覆うように翻る青い旗が見えた。そしてふてぶてしい顔で先を歩く一匹の猫……。

王はゆっくりと何もない天井を見上げた。じっとナナミの言葉に耳を傾けているように見えた。

「私だって毎日学校で聞かされてる。自分の好きなように生きなさい。人の意見はいいから、自分の意見を言いなさい。そしてもっともっと努力して社会で成功しなさい。でもそんな考え方は、本当は全然間違ってるんだと思う」

ナナミは手もとの本にそっと手を置いた。

「なぜ間違っているかを説明することはとても難しい。多分理屈で理解するんじゃなくて、心で感じ取るものだから」

ナナミは本に視線を落とした。

「だから人は本を読む。そうすると、ちゃんと感じ取ることができる。人を思いやるとはどういうことなのか。思いやりを忘れた人は、どんな風になるのか。そして古くて優しい本はときどきそっと聞いてくる。あなたはお金持ちになりたいのか、それとも幸せになりたいのか」

「両方を手に入れようとするのが人間というものではないか」

「多分、それは無理。どんなお伽噺《とぎばなし》でも、持って帰れるのは、大きな玉手箱か小さな玉手箱かのどっちかだけ」

軽やかなナナミの声が、誰もいない図書館に響く。

時が止まったように静かだ。

「しかし」とつぶやいた王の手の中で、またコインが鳴った。

「私は大きくなりすぎたのだ。ささやかな人間の心など、一吹きで吹き飛ばしてしまうほどに……。

もはや人間自身が私をコントロールできていない。肥大化した私は、混沌とした闇と化し、人間たちの側を呑み込もうとしている。その闇の中で、君は同じ言葉を口にできるのだろうか」

問いかけでありながら、答えを求めた言葉ではなかった。

灰色の頬に表情はない。怒りや嘲笑もない。

「私は数千年、人とともに歩んできた」

王がつぶやくと同時に、にわかにその足下に、どろりとした黒いものが浮き上がった。

「数千年……?」

茫然とつぶやくナナミの足下もゆっくりと闇に染まっていく。身じろぎもできない。ナナミがたびたびあの城で触れた、異様な気配が広がっていく。それとともに、凍てつくような冷気も広がっていく。

「最初は、海辺の貝殻だった。美しい石に過ぎなかった。少しずつ装飾を加え、姿をかえ、人の世界に浸透し、多くの人の手に渡るようになった。わしに触れた者たちは、皆少しずつ変わっていった。もっともっと欲しがるようになったのだ」

もはや窓外の音は聞こえなかった。

真っ暗な中にナナミは座っていた。目の前に灰色の王が座っているだけで、あとは何も見えなかった。

ともすればわっと声を上げたくなるような冷たく、重く、圧倒的な闇の中で、しかしナナミはぐっと奥歯を噛みしめた。踏みとどまることができたのは、ひとりではないと今のナナミは知っているからだ。

そう思ったとたん、暗闇の中に座る王の姿がおぼろげに揺れた。スーツを着た長身の紳士の輪郭が、ゆらりと歪んだ。と思うとその姿は、いかつい体格の将軍になり、華奢な青年姿の宰相になり、やがて背中の曲がった痩せた老女へと変わっていった。小さく、頼りなく、弱々しい姿でありながら、異様な禍々しさが、老女の足下から泥水のように溢れ出していた。

「最初は小さな変化だった。それがゆっくりと世界を覆い始め、今やどこもかしこも欲望のるつぼだ。わしは、そこにあるだけで人の力となる。しかもそこにあるだけで、増えていく。沢山集まれば、より一層増えていく。だからもっともっと欲しくなる。もっともっと手に入れるために、人は嘘をつき、詐欺をやり、相手を傷つけるようになり、やがて殺すようになった」

老女は闇の中でわずかに身もだえした。

ナナミには、それが痛みを抱えた病人のように見えた。

「本来、増えるはずのないものが増えるという性質は、確実に歪みを蓄積してしまう。わずかな富であれば、誰かが支えるだろう。けれども今のように膨大な質量が増殖を続けるためには、大きな犠牲が必要になる。その犠牲に目をつぶり、増殖するものだけに目を向けて、人は『成長』と呼ぶ。成長を食って、欲望はさらに肥え太る。かかる蛮行がいかに危険であるか、気づいた偉人たちも、確かにいたのだ。富もまた、時とともに朽ちていかなければ、自然との折り合いがつかなくなるのだと――。けれども、『多くを持つ者たち』は、そっとその声を握りつぶしてきた。当然だ。彼らにとって、増殖する力は、さらなる巨大な力を約束してくれる黄金律なのだから」

老女の右手が何かを掴もうとするかのように、弱々しく宙を彷徨《さまよ》った。

驚くほど、骨の浮き出た、痩せた手だった。

「人間たちは、何をやっているのだ？　成長？　愚かなことだ。多くを持つ者も、少しだけ持つ者も、ともに成長するなど、愚劣きわまる幻想だ。前者が豊かになれば、後者は貧しくなる。富というものは、絶対的なものではなく、相対的なものなのだ。誰もが気づかぬふりをしながら、本当は気づいているはずだ。だからこそ、他者を欺し、傷つけ、奪略し、わずかな勝者の枠にしがみつこうとしている。いったい人間たちは何をやっているのだ？　ひとにぎりの巨大な勝者の下に、無数の貧者の屍が横たわる世界。恐るべき蛮行の名を『自由』という。旗印を見たまえ、『自分』と書かれている」

灰色の老女がうつろな目をナナミに向けた。

すべてを覆い隠すような、巨大な何かがその小さなふたつの目の向こうにあった。何もかも吸い上げて、呑み込んでしまうような深い闇が広がっていた。

ナナミの額にいくつもの汗が浮いていた。

目の前に横たわるあまりにも大きな物語に、答える言葉などあるはずもない。これほど大きなものが立ちはだかっていることを、予想できたはずもない。かすかに林太郎の横顔が頭をよぎっていた。林太郎が迷いながらも言葉を濁して語らなかったのは、こんな答えに思い当たっていたからだろうか。

「君はまだ子供だ」

ふいに老女の枯れた声が、威圧感に満ちた太い声に変わった。

見れば、うずくまるように座っていた小柄な老人が、堂々たる体格の将軍に変わっていた。

「私の言葉を理解することは難しいだろう。君は知らないことが多すぎる」

「でも、あなたは語りに来てくれた。何も知らない私に……」

乱れる息をなんとか整えながら答えるナナミの前で、将軍の輪郭がにじんで、今度は青年宰相をかたどった。

「興味を覚えたんだ。君は確かに、本の力を借りてあの業火の中を抜け出してきた。あの力があれば、もしかしたら何かを変えられるのだろうかって」

問いかけるような声のどこかに、切実な響きがあった。

「君もいずれ欲望の渦を目の当たりにする。その時に、本はまだその手にあるだろうか。それとも、自由と自分を探して、もっともっとと求めるようになっているのだろうか……」

「もし、そうなっていたら……」

ふいにナナミは口を開いた。

凍えそうな冷気の中で、それでもナナミは拳を握りしめ、闇を振り払うように告げた。

「その時は戻ってきて」

真っ暗な闇に、短い言葉は一瞬で呑み込まれていく。

すでに宰相の姿もおぼろになり、将軍に見えたり、王に見えたり、ときには若い女性や小柄な少年のような輪郭を形作り、ゆらゆらと揺れ続けていた。

その捉えどころのない相手に向かって、ナナミは渾身の力を込めて続けた。

「もし私が変わってしまったら、私の前に戻ってきて、怒鳴りつけて。しっかりしろって、ちゃんと言って」

無茶苦茶だということは自分でもわかっていた。

けれどもほかに言葉はなかった。伝えたいという思いをとにかく伝えるために、ナナミは声を張り上げた。

「未来なんて全然わからない。いろんなものを見てきたあなたに比べれば、私は知らないことばかり。あなたの言っていることの半分も私にはわからない。だから絶対大丈夫なんて言わない。その代わりにあなたにお願いするの。私がおかしなことになったら、ちゃんと私を叱りに来てって」

闇は微動だにしなかった。

灰色の影はなかば背後の闇に埋もれ、姿も定かでない。しかしそれでも何者かがすぐそばでじっと耳を傾けているということを、ナナミは感じていた。

どれほどの時間が過ぎたのかはわからない。いつのまにか目の前に、スーツ姿の灰色の王が座っていた。のみならず、ナナミに静かな目を向けていた。

なぜであろうか。

初めて目が合ったと、ナナミは思った。長い長い対話のすえに、ようやく初めて灰色の男が自分をまっすぐに見つめているのだと感じることができた。

だからナナミは、声を励まして言い添えた。

「私は本を放さない。でももし手放すことがあったら、ちゃんと言って。何をやってるんだ、お前はあの燃え上がる城から、戻ってきたすごい奴じゃないかって。大声で怒鳴りつけてくれればいい。『しっかりしろ』って！」

わからないことの多いナナミでも、知っていることがある。どんなに信じる気持ちが強くても、あっというまに壊れることがあるということだ。

あんなに優しかった父親も、仕事に追われる中で自分を忘れていた。優しいはずの学校の先生の疎むような目に出会ったこともあるし、病院に運ばれて安心したとたん、医者の呆れ顔に迎えられたこともある。みんな悪意があるわけではない。必死で生きていくうちに、少しずつ心を失っていくだけなのだ。

でも失ったものは、それで終わりなのではない。近くに誰かがいてくれれば、そのささやかな声で戻ってこられる。

「一番怖いのは、心を失うことじゃない。失った時に、誰もそれを教えてくれないこと。誰かを蹴落としたときに、それはダメだと教えてくれる友達がいないこと。つまりひとりぼっちだってこと」

もしかしたらひとりぼっちになったことにさえ気づけない人が、世界には沢山いるのかもしれない。

「でも私は大丈夫。私には何でも教えてくれる沢山の友達がいる。あなたみたいな大切な友達がね」

王がわずかだが目を見開いていた。

小さな動きだが、驚きがそこにあった。

灰色の男が見せた初めての、表情らしい表情だった。

「聞こえなかったのなら、もう一度言ってあげる。あなたはもう、私の大切な友達なの。だから私もあなたに言う。しっかりしなさいって」

闇はすぐには晴れなかった。

むしろ真っ暗な中に、ナナミと王は向き合い続けていた。王の顔は、灰色の無表情のままだが、あの息が詰まるような重苦しい気配は遠のいていた。

王はナナミから視線を動かし、自らの右手を見た。

その手の内にあるコインを持ち上げ、今度は机の上に、そっと置いた。かすかな硬い音とともに、四散するように闇が晴れ、辺りは見慣れた図書館に戻っていた。

王はそのまま動かなかった。

ナナミも何も言わなかった。ただコインを見つめる王を、黙って見守っていた。数千年を歩んできた偉大な者の横顔を、じっと静かに見つめていた。

『どんなものにも、心は宿るの』

沙夜の言葉が耳を打った。

そうなのだ。

心が宿るのは本だけではない。それどころか、手に触れられる『物』だけでもない。言葉にも、ときには抽象的な『概念』にさえ、人の思いが集まり続ければ、いずれ心を持って動き始める。そして、

『歪んだ心に触れ続けたものには、歪んだ心が宿る』

林太郎の言った通りだ。

王は遥か昔から人とともにあり、世界中を旅し、姿を変え、形を変え、時の流れすら越えてきた。そして、凄まじい欲望の海を渡ってきたのだ。

「不思議だな」

王がつぶやくように言った。

ナナミがはっとしたのは、冷ややかな響きではなかったからだ。それどころか、かすかな抑揚がそこにはあった。

「時々出会うのだよ、君のような人に……。何かが変わるわけではない。それなのに、絶望とは異なるものが確かにある」

小さく息をついてから、「ナナミ」と王が目を向けた。

感情は読めなかった。

しかしナナミもまっすぐに見返した。

「忘れるな。目に見えるものがすべてではない。大切なものは、いつも心の中にある」

深く低い声でそう告げて、王はゆっくりと立ち上がった。立ち上がりながら、卓上の帽子を頭

に乗せ、ポケットから何か小さな物を取り出して卓上に置いた。

「忘れ物だ」

ナナミは、はっとした。

喘息の吸入瓶だった。あのらせん階段で手から滑り落ちた、使いかけの吸入瓶だ。

顔を上げれば、別れの言葉もないまま、灰色のスーツの背中がゆっくりと遠ざかっていく。

ナナミも何も言わず、その背中が書架と書架の間に消えていくのを、じっと見守っていた。

足音が遠ざかり、やがて聞こえなくなった。

静かだった。

窓の外はいつのまにか、一面の雪景色であった。

終章　事の終わり

図書館から見下ろすグラウンドには、いくつもの雪だるまが並んでいた。

遅い初雪で始まった冬だったが、その後数日、逡巡《しゅんじゅん》するように降ったりやんだりした雪は、突然悩むのをやめたかのような大雪となった。夜半からにわかに勢いを増し、翌日も降り続け、いまや町全体が白く霞んでいる。

車道は除雪車が出てかろうじて道を確保しているが、歩道までは手が届かず、積み上げられた雪山のそばを、ブーツの女性が傘を片手に頼りない足取りで歩いている。民家の戸口を飾るクリスマスツリーも、なかばは白く埋もれ、明滅する電飾の光が、かえって幻想的なくらいだ。

卓上に『月と六ペンス』を開いたまま、ナナミは本も読まず、雪の降りしきる町を見渡していた。天気予報によると、午後にはやむということだが、それでも近年稀《まれ》に見る大雪だそうだ。日課のように窓から町を眺めてきたナナミにとっても、こんな景色は珍しい。

「何を読んどる?」

ふいの声は、読書コーナーの机を順々に拭いて回っていた老司書のものだ。

ナナミは、ちょっと本を持ち上げて表紙を見せた。

「『月と六ペンス』か。サマセット・モームの名作だな。いい選択だ」

「そりゃそうよ。羽村さんが勧めてくれたやつじゃない」

ナナミの声に、老人は軽く首をかしげたが、特段気にかけた風もない。

「モームは作家としても一流だが、品評眼もなかなかだ。『世界の十大小説』なんぞというエッセイを書いているが、確かになかなか秀逸な十冊を挙げている」

「初耳。また教えて。読んでみたい」

「もう教えとる。『嵐が丘』もそのうちの一冊だ」

ぶっきらぼうな口調でありながら、どこか楽しそうな気配もある。

「そいつを読み終わったら、また受付に寄るといい。ただし暇なときにしてくれよ」

そんなことを言いながら、羽村老人は机を拭きながら移動していった。気難しい顔をしているが、仕事は正確で手を抜かない。そして老司書の品評眼もモームに劣らない。図書館の生き字引なのである。

今日の図書館には存外に人の姿が多い。この天気で、どこにも行けなくなった近在の住人が訪れているのかもしれない。

遠ざかっていく老人を見送っていくうちに、入れ替わるようにフロアの向こうに友人の姿が見えた。

「ナナミ、遅くなってごめん」

手を挙げたイツカが、足早に歩み寄ってくる。

今日はトレードマークの弓は持っていない。しっかり厚手のコートを着込んで、肩掛けバッグを掛けているだけだ。

「外はすごい雪だよ、びっくりした」

そう告げるイツカの短い髪や肩にも、雪の欠片《かけら》がのっている。

ナナミは『月と六ペンス』に栞《しおり》を挟みながら、

「でもこんなに真っ白になると、本の中の景色かと思うくらい幻想的ね」

「暢気《のんき》なこと言ってるけど、これじゃ電車も止まるかもしれないよ」

「そりゃ困る」

ナナミはぱたりと本を閉じた。

そばの椅子に鞄を置きながら、イツカが探るように問う。

「で、こんな雪の中、あんた歩けるの？」

「歩ける歩ける。余裕よ」

「ほんとかいな」

「だって、イツカだって行きたいんでしょ、夏木書店」

「そりゃあね」

ちょっと考えてから、イツカはすぐに、

「でも、しゃべる猫には会えないんでしょ？」

「猫がしゃべるわけないじゃない。何言ってんの」

「あ、裏切ったな、ナナミ」

無邪気な軽口を交わしながら、ナナミは本と卓上の文房具を鞄に押し込んだ。

今日はイツカとふたりで夏木書店に行く予定なのだ。


クリスマスパーティー。

そんな聞き慣れない言葉を林太郎が口にしたのは、一週間前の日曜日だった。

書店の中で色々な話をしているうちに、何気ない調子で林太郎が告げたのだ。いつもひとりで本ばかり読んでいるナナミにとっては、あまり縁のない単語であった。

林太郎は笑いながら、

「いつもは沙夜とふたりで紅茶とケーキを楽しむだけなんだけど、今年は一緒にどうかなって思ったんだ」

この古風な古書店と、クリスマスという言葉は、今ひとつイメージが合致しない。そんなナナミの思いに気づいたのだろう。書棚にはたきをかけていた沙夜が振り返ってささやいた。

「クリスマス・イブってね、私と林太郎にとっての特別な日なの」

なにやら秘密めいた沙夜の口調に、ナナミはわけもわからぬままになんとなく赤くなる。

林太郎が慌てて口を挟んだ。

「中学生に変なことを言うもんじゃないよ、沙夜」

「変もなにもないでしょ。だって間違いなく特別な日じゃない」

「特別って言っても……」

「特別よ。引きこもりの高校生が、この小さな書店を守っていこうと決めた日」

林太郎が口をつぐむ。

沙夜はすぐにナナミの耳元でささやいた。

「そして私が、林太郎と一緒にいようと決めた日」

ますます真っ赤になるナナミを見て、林太郎はおおいに心配するが、沙夜はどこ吹く風と爽やかだ。ことこういう話題に関しては、思慮深い林太郎も沙夜の掌の上なのだと、ナナミは新しい発見をしたような気分になった。

そんな会話の中で、ナナミは二人に聞いたのである。友達のイツカを連れてきていいかと。もちろん二人が否定するはずはなかった。家に帰ったあと父にも相談したが、夕方は車で迎えに行くという条件で、許可してくれた。

かくして、まったく新しい冒険の計画が成立したのである。

ナナミにとって、これ以上はないほど落ち着かない一週間になった。あの日、帰りの図書館での出来事については、まだ何も整理ができていない。林太郎と沙夜には聞きたいことが山のようにあるが、どうやって説明すればいいかさえわからない。考えるだけでも頭の中が混乱するのに、イツカと二人で電車に乗って、クリスマスパーティーに行くことになったのである。

あれこれと無秩序に思い悩んだあげく、ナナミは考えることそのものを中止した。

沙夜が言った通り、時間が教えてくれることだって沢山ある。こんな時に大事なことは、「適温になるまで、のんびりと本棚でも眺めて待つ」ということに違いない。


「ちょっと出かけるだけなのに、妙に鞄が大きくない？」

イツカの声に、ナナミは、自分の鞄をぽんと叩いた。

「いっぱい本が入っているからね。『ソラリス』はここで借りてるやつで、夏木書店から『ベートーヴェンの生涯』と『三四郎』」

「いっぺんに三冊読んでるの？」

「三冊っていっても全然違うよ、宇宙飛行士の話と、音楽家の話と大学生の話。ちなみに、今ちょっと本棚から持ってきた、この『月と六ペンス』は画家の話ね」

ナナミの生き生きとした説明を、イツカは呆れ顔で聞いている。

「じゃあ、画家の話を本棚に戻したら、出発するよ」

「はーい」

陽気な声を上げてナナミは立ち上がった。

いろんな本を同時並行で読みながら、それでも足りず、ほかの本にも手を伸ばすのはナナミの困った癖だ。読みたい本が多くて、とても追いつかないのである。

『月と六ペンス』は「イギリス文学」の棚であるから、イツカに荷物を見ていてもらって、奥の書棚に歩いていく。先ほど引き抜いてきたばかりだから、迷う余地もない。

もとの場所に本を戻して、「よし」と小さくつぶやいたナナミは、戻りかけて、ふと「フランス文学」の通路の前で足を止めた。

自然に、長い通路の奥に目が向いてしまう。

そこにあるのは棚に挟まれた、ただの通路だ。青白い光もなく、果てしなく連なる書架もなく、すぐに突き当たりになっていて、そこにも書棚がある。手を伸ばせば、ずらりと並んだボードレールの全集にも手を触れることができるし、ぎっしり詰まった本に、不自然な隙間があるわけでもない。

穏やかで、平凡な日常の景色だ。

あの日、灰色のスーツの男を見送って以来、何か大きな変化があったわけではない。何も解決していないし、急に見えるものが広がったわけでもない。けれど心の中で、少しだけ変わったことがある。もっと色々なことを知りたいと思うようになったのだ。

自分には、知らないことがあまりに多すぎる。ただ座って本を開くだけではなく、図書館の外を自分の足で歩かなければいけない。いずれは、灰色の男が言った言葉の半分くらいは理解できるようになりたい。そのためには、いつのまにか閉じこもりかけていた狭い世界から、少しずつでも外に踏み出さなければいけないということが、今のナナミにははっきりとわかるのである。

そんな風に、様々に思いをめぐらせているうちに、ナナミはふと突き当たりの書棚の足下へ目を向けていた。

いつのまにか一匹の猫がそこに座っていた。

二等辺三角形の耳と、翡翠色の目をしたトラネコだ。毛並みは美しく、銀色の髭は優美で、座っているだけでやたらと威厳がある。

ナナミは驚かなかった。棚に手を置いたまま、少しの間だけ猫を見つめ返していた。

やがて、まるでなんでもないことのように問いかけた。

「今日はどうかした?」

猫は軽く尻尾を振って、

「なに、いつものパトロールだ」

聞き慣れた低い声だった。

「また厄介なやからが、本を持ち出していないかと案じてな」

「今のところ大丈夫そうだよ」

「そのようだな」

猫と少女は、静かに視線をかわした。

それから小さく笑い合った。

「もう会えないかと思ってた……」

どこまでも何気なさを装ってはいたが、その声はかすかに震えていた。

「用件がすめば、戻ってこない不届きな奴だって、林太郎さんも言っていたから」

「用件はある」

猫が応じた。

「礼を言わねばならん」

「礼？」

「あの炎の中から、君はわしを連れ出してくれた。その礼をまだ言っていなかった。あの城から帰ってこられたのは君のおかげだ」

ナナミは答えられなかった。

急にこみあげてくるものを、無理やり押し殺すだけで大変だった。

こんなときにはきっと、お互い様だとか、私も助けてもらったとか、いろんな言い方があるのだと頭ではわかっていた。けれども出てきた言葉はずいぶんと違うものだった。

「あのあと、すごい大変だったんだよ。ひどい目に遭ったんだから」

ナナミが強引に笑って告げれば、猫は大仰にうなずいた。

「そうだな。とてもつらかっただろう。だが君は諦めなかった。最後まで諦めず、全力で走ってくれた。何よりも希望を失わなかった」

温かな声に、笑顔を保つのは大変だった。

本当は、助けられたのはナナミの方なのだ。諦めなかったのは、諦めないことを教えてくれた猫のおかげだった。その思いは、しかし言葉にはならなかった。口にすれば、かえって安易な響きを帯びてしまう。

いっそのこと駆け寄って抱きしめたかったが、そんなことをすれば猫はたちまち踵を返すのだとわかっていたから、そこから動かなかった。

「また会えるか、なんて、聞かない」

「いい心がけだ。人間はどうも無駄口が多い」

そう言って、ゆっくりと腰をあげた。慌てて引き止めるようにナナミは口を開いた。

「会えて良かった」

そんな言葉でも、猫は動きを止めてナナミを見返した。

「体を大事にしたまえ」

「大丈夫。だから……」

少し言葉を切ってから、ナナミは静かに続けた。

「困ったら、またいつでも呼んで。準備運動はしておくから」

猫はちょっと驚いたように、翡翠の目を大きくしたが、すぐに小さく笑ってみせた。

それだけで、風のようにふわりと跳躍して、書棚の陰に消えていった。

あとはもう、何の変哲もない書棚が並んでいるだけだ。

それらしい別れの言葉さえ、交わす暇はなかった。

「ナナミ、どうした?」

遠くでイッカの呼ぶ声が聞こえた。戻ってこないナナミを心配しているのだ。

すぐ行く、と答えて、ナナミはもう一度通路の奥に目を向けたが、もちろん猫の姿はない。誰もいないその場所に、ナナミはもう一度、声に力を込めて告げた。

「いつでも呼んで。必ず行くから」

ナナミは、軽やかに身を翻した。

書棚の間を抜けて戻っていけば、イッカが鞄を片手に立ち上がるのが見えた。

あれほど降っていた雪は、いつのまにかやんだらしい。雲の切れ間から日差しが降り注ぎ、図書館の中まで明るくなっている。窓外に目を向ければ、雪化粧の街並みが鮮やかな銀色に輝いている。

眩い景色に目を細めながらも、ナナミは足を止めなかった。

冬の澄んだ光が、その足下を優しく照らし出していた。

【初出】
序章～第一章　「STORY BOX」2023年9月号
第二章～終章　書き下ろし

※ 本作品はフィクションであり、登場する人物・団体・事件等はすべて架空のものです。

夏川草介（なつかわ・そうすけ）
一九七八年大阪府生まれ。信州大学医学部卒。長野県にて、地域医療に従事。二〇〇九年「神様のカルテ」で第十回小学館文庫小説賞を受賞しデビュー。同作で一〇年本屋大賞第二位。「神様のカルテ」シリーズは三度映像化された。他の著作に『神様のカルテ2』『神様のカルテ3』『神様のカルテ0』『新章　神様のカルテ』『本を守ろうとする猫の話』『始まりの木』『臨床の砦』『レッドゾーン』『スピノザの診察室』などがある。

編集　幾野克哉

君を守ろうとする猫の話
二〇二四年三月四日　初版第一刷発行

著者　夏川草介
発行者　庄野 樹
発行所　株式会社小学館
〒一〇一－八〇〇一　東京都千代田区一ツ橋二－三－一
編集 〇三－三二三〇－五九五九　販売 〇三－五二八一－三五五五
DTP　株式会社昭和ブライト
印刷所　大日本印刷株式会社
製本所　牧製本印刷株式会社

ISBN 978-4-09-386710-8